Kontaktadresse nach EU-Produktsicherheitsverordnung:
produktsicherheit@fischerverlage.de

Sehnsucht nach Schicksal? Die Heldin dieses autobiographischen Romans will nicht länger nur auf dem heimatlichen Dorfacker in eine Mohrrübe singen (»Downtown«)! Also geht sie voller Sehnsucht nach Berlin, wo sich in Kreuzberg eine Band zusammenfindet, wie sie die Welt noch nicht gesehen hat: »Sie waren der griechische Chor in den Dramen der 90er Jahre«, schrieb die Presse über die Lassie Singers, deren Textzeilen nicht selten zu geflügelten Worten wurden. Leider erwies sich die vertonte Lebenshilfe als wenig lukrativ, und so entwickelt sich die Sängerin rund um die Jahrhundertwende zur Ausgehspezialistin und Vorreiterin aller prekär beschäftigten Bohemiens.

Christiane Rösingers ›Das schöne Leben‹ erarbeitet Grundlagen und soziologische Standards des Bandwesens (»Die Posttourdepression«), betreibt Lebensstilforschung (»Die Champagnervergiftung«) und analysiert die Mechanismen der Ausgehgesellschaft zwischen »Leben in der Bar« und »Erschöpfung im Nachtleben«. Subtile Überlegungen zum Thema »Intelligent ausgehen« stehen neben solchen zu »Geld und Gefühl«. Vor allem aber lässt sich von der Hauptfigur dieser heiteren Prekarisierungserzählung lernen, wie man sich mal schlecht, mal recht durchs Leben schlägt.

Christiane Rösinger, geboren in Rastatt und aufgewachsen im badischen Hügelsheim, ist Gründerin, Sängerin und Texterin der Berliner Band Lassie Singers und der Nachfolgeband Britta. In den 90er Jahren war sie eine der Betreiberinnen der legendären »Flittchenbar« am Berliner Ostbahnhof. Neben ihrer Arbeit als Musikerin schreibt sie Kolumnen und andere Beiträge für verschiedene Zeitungen und Magazine, darunter taz, Tagesspiegel, Berliner Zeitung und Frankfurter Allgemeine Zeitung. ›Das schöne Leben‹ ist ihr erstes Buch.

Unsere Adresse im Internet: www.fischerverlage.de

Christiane Rösinger

Das schöne Leben

Fischer Taschenbuch Verlag

4. Auflage

Originalausgabe

Hedderichstr. 114, 60596 Frankfurt am Main

Printed in Germany
ISBN 978-3-596-17595-6

Auf dem Spargelacker

Downtown

In der Landwirtschaft werden ja sechsjährige Kinder bereits zu kleinen Arbeiten herangezogen: Spankörbe tragen, Setzlinge reichen, Unkraut rupfen. Das jüngere Kind genießt jedoch eine kurze Schonzeit und kann, während die Familie arbeitet, zuschauen oder im Sand spielen.

So stand ich, einer inneren Berufung folgend, von März bis Oktober jeden Tag stundenlang auf dem Karotten-, Spargel- oder Kartoffelacker und ahmte die Bewegungen der Stars aus »Hitparade«, »Studio B« und »Drehscheibe« nach.

Vorsichtig wickelte ich das imaginäre Mikrokabel, das der Karotte am unteren Ende entwuchs, anderthalbmal ums Handgelenk und blickte ihm fürsorglich nach, wenn es ein paar gezierte Schritte seitwärts ging.

Am Anfang fanden es alle noch lustig, und Tante Anne sagte jeden Tag: »Ihr werdet sehen, die kommt mal noch ins Fernsehen.«

Aber nach etwa zwei Stunden »Downtown« von Petula Clark – ein anderes Lied gab es nicht –, also nach fast drei Stunden »Downtown« in phonetischem Englisch, mit choreographisch weit ausgebreiteten Armen und in voller Ackerlautstärke, denn die am anderen Ende des Feldes sollten ja unbedingt auch alles hören, kam gereizte Stimmung unter der Verwandtschaft auf:

»Sei endlich still! Wir können es nicht mehr hören!«

Für eine professionelle Sängerin heißt das natürlich: Weitersingen!

When you'r alone and life is making you lonely you can always go …

Zur dramaturgischen Steigerung des Vortrags steuerte ich den gutmütigen Onkel Karl an, der tief gebückt mit dem Spargelstecher die Reihen ablief oder Gras hackte, umtanzte ihn kurz, sang ihn dann in direktem Blickkontakt an …

You can forget all your troubles, forget all your cares …

baute mich aber rechtzeitig zum Refrain wieder theatralisch in der Ackermitte auf, gab dann gesanglich alles …

Downtown where the lights are bright …

übertönte die verzweifelten Schreie: »Hör jetzt endlich auf! Du raubst uns den letzten Nerv!«, bis nach über vier Stunden »Downtown« zuerst mein Bruder und dann die ganze Familie dem Konzert mit einem immer dichter werdenden Erdklumpenhagel ein Ende bereitete und ich mich missverstanden und beleidigt zurückzog.

Aber am nächsten Tag war alles vergessen, wir fuhren wieder auf den Acker, ich nahm wieder die Karotte in die Hand und sang »Downtown«.

Hügelsheim

Das Spargeldorf Hügelsheim liegt an der viel befahrenen B 36 zwischen Karlsruhe und Straßburg, am Rhein, ganz nahe an der Grenze zum Elsass. Es gibt kaum Hügel oder Erhebungen hier, der Name kommt von dem heiligen Hugilar, dem eine Kapelle geweiht wurde.

Es ist kein eigentlich schönes Dorf, alte Fachwerkhäuser gibt es wenig, viele Gebäude wurden in den Sechzigern mit grauen Eternitplatten verkleidet, und die B 36 geht mitten durchs Dorf und teilt es in zwei Hälften.

Trotzdem glauben die Dorfbewohner, ebenso wie die Bewohner der Nachbardörfer, etwas ganz Besonderes zu sein. Wegen des Spargels, der hier angebaut wird, den zwei guten Restaurants, in denen schon Bismarck und Kaiser Wilhelm gesessen haben (Dietmar Schönherr war schon da gewesen), und dem benachbarten Baden-Baden, das reiche vornehme Touristen in teuren Autos bringt. Das Nachbardorf Iffezheim wiederum bildet sich sehr viel auf seine Rennbahn ein, dort finden berühmte Pferderennen um den »Großen Preis von Baden-Baden« statt.

Der Natoflughafen, der 1952 gebaut wurde, brachte etwas Weltläufigkeit in das kleine Rheindorf. Die vielen kanadischen Familien wohnten nicht nur in ihrer Siedlung »Klein Kanada«, sondern auch bei den Einheimischen im Dorf. Bald plante man bei Neubauten eine Etage zur Vermietung an die Kanadier mit ein. Die Angehörigen der Streitkräfte waren sehr beliebt im Ort, sie nahmen ihre Vermieter mit zum Flughafengelände, ins Kino und in die große Eishalle.

Die Mädchen verheirateten sich nach Manitoba und Ontario. Vielleicht waren die Leute in Hügelsheim deshalb wirklich ein klein wenig aufgeschlossener und weniger hinterwäldlerisch als die aus den Dörfern, die abgeschieden in den Auengebieten am Rhein oder im Schwarzwald lagen.

Vom Dorf aus sieht man das nahe Gebirge gut. Im Winter zieht sich die Flutlichtbeleuchtung der Skipisten »Sand«, »Untersmatt« und »Rote Lache« wie eine Christbaumkette durch die dunklen Hänge.

Ho Chi Minh

War ich ein einsames Kind? Wahrscheinlich schon, aber andererseits wollen heute ja alle über Dreißigjährigen tiefgründig gestörte, einsame Kinder gewesen sein.

Jedenfalls verbrachte ich in meiner Grundschulzeit die Nachmittage immer allein. Die Kinder aus dem Dorf kamen nie zu Besuch, der eine Kilometer bis zu unserem Siedlerhof war zu lang, und wozu sollten sie den Weg auch machen, es gab ja genug andere Kinder im Dorf.

Wenn ich nicht mit auf den Acker musste, ging ich nach dem Mittagessen mit unserem Hund, dem schwarzen Spitzmischling Mohrle, los. Nicht weit von unserem Hof, hinter den lang gezogenen Feldern, lag der »Hamm«, eine Uferböschung am Hochgestade, unten stand ein Altrheinarm mehr vor sich hin, als dass er floss, gesäumt war der Hamm von einer Reihe hoher Pappeln und kleinerer Akazien.

Am Altrhein lagen eine Dieselpumpe und alte hölzerne

Fischerkähne im Wasser, am Ufer standen halb verfallene, flache Holzbauten einer Biberzucht und ein alter Bunker aus dem Zweiten Weltkrieg. Materialen des hiesigen Abbruchunternehmens lagerten am Ufer, alles war mit Unkraut, Hecken und Sträuchern zugewachsen.

Dorthin zog ich täglich mit Mohrle, wir mussten meistens etwas suchen, vor etwas flüchten oder von einem mühevollen Irrweg halb verdurstet heimkehren. Er war mir dabei abwechselnd treues Pferd, angeschossener Schicksalsgefährte, Hilfssheriff, edler Indianer oder befreundeter Cowboy.

Das hieß durchs Unterholz schleichen, an Dornen hängen bleiben, ins Gesicht peitschende Zweige ignorieren, knietief in Sümpfen versinken, während die Geier schon über uns kreisten.

»Komm, Jim, wir müssen weiter, ja, du schaffst es, halte durch, wir haben einen Vorsprung«, raunte ich Mohrle zu, wenn wir uns durchs Gestrüpp kämpften, Tag für Tag. Abends wurde dann ferngesehen, die heilige Tagesschau.

Eines Tages aber hatte sich in den Nachrichten etwas verändert. Ich wusste nicht, um was es da ging, fragte aus gutem Grund auch nicht nach, spürte nur, dass etwas Außergewöhnliches im Gange war und dass auch ich etwas tun musste. Wie bei Ritualen so üblich, weiß man später nicht mehr, warum und wann sie zum ersten Mal ausgeführt wurden. In diesem Fall begann es irgendwann im Sommer.

Ich wartete gespannt auf die Abende, wenn die Eltern

auf dem Hof alles erledigt hatten und ins Haus kamen und sich zum Vespern in die Küche setzten. Ich setzte mich aber nicht wie sonst zu ihnen, sondern stahl mich hinaus, ging zum »Schopf«, in die hintere Scheune, in der die großen gepressten Strohballen lagerten, holte mein kleines Fahrrad raus und fuhr heimlich und gehetzt auf dem sandigen Feldweg zum Hamm hinaus.

Dort standen drei Pappeln, deren dichte Baumkronen sich berührten, in der Mitte aber ließ das Laubwerk eine kreisrunde Stelle, ein Stück Himmel, frei. Über diesen drei Pappeln ging die Sonne in diesem Sommer jeden Abend unter. Sie sank dann rot glühend in die Baumkronen, blieb ein wenig darin hängen, bevor sie dann hinter dem Altrhein endgültig versank.

Vor den Pappeln war Sand und Bauschutt aufgeschüttet, welkes Unkraut von den umliegenden Feldern hatte man daraufgeworfen, das hatte wieder Fuß gefasst und wuchs nun auf dem kleinen Hügel, wie ein Miniaturwald. Von diesem Unkrautberg aus ging der Blick frei auf die rote Sonne in den Baumkronen und das Altrheinufer. Der Moment des Aufbruchs vom Hof musste genau gewählt werden. Alles wäre zunichtegemacht worden, hätte beim Besteigen des Fahrrads noch jemand gerufen: »Wo willst du denn jetzt noch hin? Komm ins Haus!« Aber man durfte auch nicht zu früh am Hügel ankommen und dann tatenlos rumstehen und warten, bis die Sonne in die vom Geäst ausgesparte Stelle sank. So wartete ich jeden Abend unruhig auf den richtigen Moment, sprang dann aufs Rad und trat wild in die kleinen Pedale, fuhr immer schneller, fuhr mich in Rage, bis mir der Fahrtwind kühl über das heiße Gesicht strich. Am Unkrautberg angekommen, sprang ich wie ein Cowboy vom Pferd, warf das Rad mit achtlosem Schwung beiseite und stieg auf den Hügel. Ein Moment der Sammlung – dann tief Luft holen – und dann rief ich so laut ich konnte der roten Sonne über dem Altrhein entgegen:

Ho-, Ho-, Ho Chi Minh
Ho-, Ho-, Ho Chi Minh
Ho-, Ho-, Ho Chi Minh

Mit einem Gefühl der inneren Leere und zugleich großer Befriedigung, mir aber auch der Last der großen Verantwortung einer Geheimnisträgerin bewusst, fuhr ich dann ruhiger nach Hause, wo die Eltern immer noch am Vespertisch saßen. Dann ging ich still, als sei nichts gewesen, ins Wohnzimmer.

Diesen ganzen Sommer lang wiederholte ich das Ritual jeden Abend, und keiner hatte jemals davon erfahren.

Deshalb hat es wahrscheinlich auch geholfen.

Auf dem Traktor

Das Schöne am Landleben ist ja auch, dass Kinder zu verantwortungsvollen Aufgaben herangezogen werden, dass man ihnen etwas zutraut und sie so das Gefühl haben, wichtig zu sein.

Manchmal überschätzten die Erwachsenen aber doch die körperlichen Fähigkeiten ihres Nachwuchses.

So ist das Traktorfahren zum Beispiel eigentlich eine schöne Beschäftigung, und als achtjähriges Mädchen fühlte man sich sehr gut, wenn man auf dem eisernen schalenförmigen Fahrersitz des alten »Bulldog«, wie Traktoren in unserer Gegend allgemein genannt wurden, saß. Der Dieselmotor tuckerte unregelmäßig, Bruder und Vater machten sich an der Anhängerkupplung zu schaffen, während man wartete und die Hände um das große Lenkrad geklammert hielt. Nach einer kurzen Einführung – runter vom Gas, Kupplung treten, erster Gang rein, Kupplung kommen lassen – war man zum Traktorfahren befähigt.

Vom Ablauf her eigentlich kein Problem – nur ist eine Traktorkupplung wirklich schwer zu treten. Aber wenn man aufstand, sich am Lenkrad festhielt und mit aller Kraft und dem ganzen Gewicht einer Achtjährigen auf das eiserne Pedal trat, ging es schon. Mit der Zeit hatte man Übung, und in der Landwirtschaft muss ja ständig etwas gezaggert, geeggt, gepflügt, gemulcht oder mit Unkrautvernichtungsmittel gespritzt werden.

Relativ leicht war es, im Kriechgang zwischen den Erdbeerreihen zu fahren und die Spur zu halten, damit die großen Traktorreifen nicht die Pflanzen zerquetschten, während die Männer seitlich am Anhänger liefen und die Blechrohre des Bewässerungssystems auf- oder abluden.

Schwieriger war es, wenn man auf Zuruf anhalten und wieder losfahren musste, also Kupplung treten, Gang raus, Bremse, Kupplung wieder treten, Gang rein, Kupplung kommen lassen, Gas geben.

Im Hochsommer zur Erntezeit, wenn Gerste, Weizen, Hafer und Roggen reif waren, musste gedroschen werden, das war die Zeit, in der alle durchdrehten. Es gab nur drei Mähdrescher im Dorf, und wenn das Korn reif war, musste sofort mit dem Dreschen begonnen werden, bevor das Wetter umschlug, bevor Regen oder Unwetter die Ernte verdarben oder das Stroh auf dem Transportweg nass und unbrauchbar wurde oder die Mähdrescher in eine ganz andere Gegend fuhren und erst Tage später zurückkamen. Hysterisch fuhren die Bauern und Nebenerwerbslandwirte oder ihre Frauen mit den Fahrrädern den großen

Mähdreschern, die schwerfällig und mit viel Lärm über die Feldwege krochen, hinterher, um einen Dreschtermin zu verabreden.

»Mir kriege gedrescht, mir kriege gedrescht«, riefen die sonst so stoischen Männer mit hochrotem Gesicht, wenn sie die frohe Nachricht verkündeten.

Näherte man sich dem Feld, sah man schon von Weitem eine große Staubwolke, das gehäckselte Stroh flirrte durch die heiße Sommerluft, und kam man in die Nähe des Mähdreschers, setzten sich die Strohflitter überall am Körper ab. Die Männer trugen nur ihre blaue »Antonhose« und die weißen Rippunterhemden, manche schwitzten so, dass ihnen der Schweiß in Bächen am Körper herunterlief, über die vielen roten Striemen, die hunderte kleine Strohflitter auf der Haut hinterlassen hatten.

Beim Dreschen wurde das Korn, die »Frucht«, direkt am Mähdrescher von einem Mann in große Säcke gefüllt, ein zweiter transportierte sie auf den Wagen, der neben dran mitfuhr. Gleichzeitig wurde das Stroh zu großen Ballen gepresst und verschnürt, und dann fiel es am Rückteil des Mähdreschers auf die Felder. Diese Ballen mussten dann auf den Wagen geladen und nach Hause in die Scheune gefahren werden.

Das war die schwierigste Aufgabe für eine junge Traktoristin, denn hinten auf dem Wagen stand ein Mann und ein anderer reichte ihm von unten mit einer Heugabel die gepressten Strohballen nach oben. Wenn alle Strohballen im nächsten Umkreis aufgesammelt waren, hieß es »Weiter!«, also aufstehen, mit aller Kraft die Kupplung treten, Gang rein, langsam anfahren. Ließ ich die Kupplung zu schnell kommen, ließ ich sie »schnalzen«, so machte der Bulldog samt Anhänger einen Satz nach vorne, und der Mann auf dem Wagen hinten fiel um – großes Geschrei: »Du sollst die Kupplung langsam kommen lassen!« Ja, wenn's so einfach wäre! Beim nächsten Mal das Gleiche – ein Ruck, großer Ärger und Geschrei: »Langsam kommen lassen!«

Aber es ging natürlich nicht, wie hätte es denn gehen sollen, mit so wenig Kraft in den Beinen!

Später, mit zwölf oder dreizehn ging es dann doch, aber manchmal ließ ich dann die Kupplung mit Absicht schnalzen und die Männer auf dem Strohwagen umfallen, um mich für die ungerechte Behandlung und das Geschrei der früheren Jahre zu rächen.

Festbeleuchtung

Fast immer, wenn wir vom Hof im Dorf zu Besuch waren, ertönte mittags um zwölf oder nachmittags um fünf plötzlich eine scheppernde Melodie: »Capriccio Italien Opus 45« von Tschaikowski. Sie kam aus den grauen, eckigen Lautsprechern, der sogenannten Ortssprechanlage, für mich war es der »Bekanntmachungsapparat«. Die Leute ließen alles stehen und liegen und gingen auf die Straße, denn auf die Erkennungsmelodie folgte eine amtliche Ansprache des »Ratsschreibers«. Mit schwerer Zunge, seltsamer Betonung, exaltierter Silbentrennung und dem im Badischen sehr verbreiteten bemühten Amtshochdeutsch tönte es über die Straßen des kleinen Dorfes: »Bekannt! -mach! -ung!« Dann wurden Aufgebote, Todesnachrichten, Verkaufsangebote durchreisender Viehhändler und amtliche Mitteilungen verlesen. Wenn im Rathaus geheiratet wurde, spendeten die Hochzeitspaare eine Single, und nach der standesamtlichen Trauung erscholl »Es läuten die Glocken am Königssee« oder »Wir wollen niemals auseinandergeh'n« durch die Straßen.

Samstagnachmittags aber, wenn alle Dorfbewohner mit großen Besen vor ihren Häusern zum »Gräbele fegen«, zur Reinigung des Straßengrabens, standen, ertönte mein Lieblingslied. Da sang ein sehr munterer Chor zur Blasmusikbegleitung:

Wasser ist zum Waschen da,
Falleri und Fallera,
Auch zum Zähne-pu-utzen,
Kann man es benu-u-tzen.

Lange Zeit dachte ich, das wäre eine behördliche Aufforderung zur Körperhygiene, zumal in diesen Jahren der allgemeine Überpflegungsdrang noch nicht so verbreitet war. In der Regel badete man vor einem Arztbesuch und samstagabends, und bei sparsamen Haushalten reichte eine Wannenfüllung für mehrere Familienmitglieder.

Aber das muntere Wasserlied sollte die Bürger der Gemeinde nur an die fällige Wassergeldzahlung erinnern.

Man sparte wo man konnte in diesen Jahren. Am liebsten aber sparte man am Licht. Grundsätzlich wurden abends nur die allernötigsten Lampen im Haus angeknipst, sodass ich, wenn ich das schwach erleuchtete Wohnzimmer verließ, beim Gang aufs Klo regelmäßig über schlafende Hunde und lagernde Katzenversammlungen stolperte.

Waren wir abends einmal mit der ganzen Familie unterwegs, bei einem Fest oder bei Verwandten, und fuhren anschließend mit dem Auto im Dunkeln zurück, sah man in dem Moment, als das Auto in den Landwirtschaftsweg zum Hof einbog, unser einsames Haus, manchmal erleuchtet von einer einsamen trüben Glühbirne irgendwo hinterm Fenster. »Ja, ja, bei uns ist wieder Festbeleuchtung!«, sagte dann mein Vater vorwurfsvoll.

Telefonieren war nur zur knappsten Nachrichtenübermittlung, eigentlich nur für Geschäftliches und bei Notfällen, gestattet. Der moderne graue Apparat mit runder Wählscheibe stand im Flur, war am kurzen Kabel neben einer kleinen Ablage unterm Flurspiegel angeschlossen, und nur ganz unbequem, im Stehen und gänzlich unprivat, konnte man telefonieren.

Sprach ich mit meinen Freundinnen länger als drei bis vier Minuten, hieß es gleich: »Mach jetzt Schluss!«

Als Teenager ignoriert man solche Aufforderungen natürlich. »Schluss jetzt! Was habt ihr denn so lange zu reden? Ihr seht euch doch morgen in der Schule wieder!« – »Aber sie hat doch mich angerufen, das kostet uns doch gar nix!« – »Trotzdem – fertig jetzt!«

Dieser Sparwille der Erwachsenen entsprang nämlich nicht einem persönlichen Geiz, sondern einer allgemeinen Einstellung den Dingen, ihrem Wert und ihren Preisen gegenüber.

Im Umgang mit Lebensmitteln war man besonders vorsichtig: Hatte Schimmel an einem Stück Käse oder Brot angesetzt, so wurde einfach nur der akut befallene Teil abgeschnitten, was ja eigentlich richtig ist, wie heute die neueste Schimmelforschung zeigt. Die empfiehlt sogar, bei verschimmelter Marmelade einfach die lila-pelzige Schicht abzuschöpfen und den Rest zu verzehren.

Kartoffeln durften nicht zu dick geschält werden, beim Eiertrennen musste der letzte dickflüssige Tropfen Eiweiß in der aufgebrochenen Schale noch herausgeholt werden, damit nur nichts verschwendet wurde. Jeden Tag kaufte man zwar frische Brötchen, aber es waren immer noch alte Brötchen vom Vortag da, die zuerst gegessen werden mussten. Wenn die harten Brötchen am dritten Tag dann wirklich keiner mehr wollte, wurden sie in Milch eingeweicht und »Arme Ritter mit Vanillesauce« genannt.

Das Spargebot führte auch zum Sammelzwang. Alles, jedes Stück Schnur, jede gebrauchte Alufolie wurde aufbewahrt, Plastiktüten geglättet und gefaltet und in Schachteln deponiert. Leere Konservengläser warteten en famille auf den Einsatz bei der eigenen Marmeladenproduktion, große Blechdosen wurden im Keller für das nächste Ostereierfärben gelagert.

Alte Schürzen, ausgelatschte Schuhe fristeten einzeln und paarweise in alten Schränken ihr dunkles Dasein, sie waren ja schließlich für den Acker noch gut genug! Hoffnungslos zerrissene Hemden wurden in stundenlanger Arbeit geflickt und, wenn nichts mehr zu machen war, zu Putzlumpen umfunktioniert und ganz am Schluss fürs Katzenwochenbett aufbewahrt. Ausgeleierte Gummibänder lagen im Nähkästchen, blinde Taschenspiegel neben verbogenen Nägeln, mutterlosen Schrauben, zahnlosen Kämmen, altem Nähmaschinenöl, abgebrochenen Nagelfeilen, defekten Reiseweckern, herausgetrennten Reißverschlüssen.

Jeder Metallverschluss, jedes Plastikgefäß wurde gesammelt und aufbewahrt, aber nicht aufgrund eines frühen ökologischen Bewusstseins, sondern aus der Erfahrung der Kriegs- und Mangelwirtschaft.

Andererseits wurde der Sparzwang aber auch ganz selektiv wieder aufgehoben: Als die schlimme »Tupperseuche« Ende der sechziger Jahre über das Land hereinbrach, verfielen viele sonst so sparsame Hausfrauen in eine Bestellwut nie zuvor da gewesenen Ausmaßes: Dutzende sinnloser Plastikschüsselchen samt Deckeln gehörten fortan zur Ausstattung jeder Küche.

Meinen Vater aber habe ich selten so zufrieden gesehen, wie im Frühsommer, wenn nach ein paar heißen Tagen ein kräftiger Regen einsetzte und er in der geöffneten Haustür stand, auf die Felder hinausblickte und mehr zu sich selbst als zu mir sagte: »Der Regen da ist jetzt 500 Mark wert.«

Kuchen und Katholizismus

Das katholische Jahr bietet viele Anlässe zum Kuchenbacken, und je kleiner das Dorf ist, desto größer ist die soziale Kontrolle, der Kuchenstress. Ein großes katholisches Kuchenfest ist der »Weiße Sonntag«, das ist der erste Sonntag nach Ostern, an dem die erste heilige Kommunion der Erstkommunikanten gefeiert wird. Aber auch Taufe und alle Hochzeiten, von der ersten bis zur diamantenen, gelten als Kuchenfeste.

Am schlimmsten waren die Hochzeiten und der Weiße Sonntag, da forderte der Kuchenstress die größten Opfer, zumal man bei uns im Dorf großzügig rechnete, dass auf zwei Personen etwa ein Kuchen kam.

Eine Frau aus der Nachbarschaft erlitt einmal einen Nervenzusammenbruch und kam nach Emmendingen, in die Irrenanstalt, wie man damals noch sagte, weil sie zwanzig verschiedene Kuchen zu ihrer eigenen goldenen Hochzeit backen musste. Aber in der Familie schwächelte es sowieso, ihr Mann erlag später beim Spargelstechen einem Herzinfarkt.

Im Badischen ist die Linzer Torte, die zumindest dem Namen nach doch aus Österreich kommt, Pflicht. Dass der Schwarzwald mit seiner farbenfrohen Kirschtorte geographisch viel näher liegt, wird ignoriert. Die Linzer Torte hingegen entscheidet alles, sie bestimmt über den Ruf der Hausfrau und Familie. Sie beschäftigt die Familien wochenlang, denn da sie zur vollen Geschmacksentfaltung eine Weile lagern und durchziehen muss, wird sie schon Wochen vor dem Fest gebacken.

Als Mädchen muss man natürlich beim Backen helfen, und wenn so ein großer Festtag mit seinen fünf bis acht Linzer Torten zuzüglich anderer Kuchensorten anstand, war es schon Wochen vorher aus mit der Gemütlichkeit.

Zunächst mussten in blau-silbernes Aluminiumpapier eingeschlagene Tafeln harter Blockschokolade in stundenlanger Kinderarbeit mit einem kleinen Reibeisen abgehobelt werden. Fast nur aus Pflichtgefühl, da doch die bittere Schokolade gar nicht schmeckte, brach man immer wieder ein Stück davon ab oder aß den letzten kleinen Stumpen, nachdem man sich gedankenverloren wieder schmerzhaft in die eigene Hand geraspelt hatte.

Der Teig ist das A und O bei der Linzer Torte, bei seiner Zubereitung kann praktisch alles schiefgehen.

Er kann klumpen, schwitzen, fettig glänzen und zusammenfallen. Ist nur eine Zutat falsch berechnet, wird er rissig und bröckelig, lässt sich nicht formen, und alles war umsonst. Stundenlang musste dieser schwierige Teig nun geknetet und gerührt werden, aus Langeweile aß man die ganze Zeit davon, bis die Teigmenge nicht mehr stimmte, durfte zum Schluss dann doch noch die Schüssel ausschlecken, wovon einem dann endgültig schlecht wurde.

Falls der Teig gelungen war, kam die zweite Hürde, die Johannisbeermarmelade. Sie musste natürlich selbst gemacht sein, und manche Menschen schienen vom Glück begünstigt, weil nur sie die Johannisbeermarmelade mit dem ganz bestimmten säuerlichen Geschmack, den die Linzer Torte braucht, zustande brachten.

War also in diesem Jahr in einem Haushalt die Marmelade, das »Schlecksel«, nichts geworden, sah es schlecht für die Linzer Torte aus. Da blieb nur der demütigende Ausweg, Nachbarn oder Verwandte nach Marmelade zu fragen. War der Belag geklärt, folgte der kreative Teil. Der Boden des runden Kuchenblechs wurde mit Teig ausgelegt, mit der Marmelade bestrichen, und aus dem Restteig wurden Würstchen, Kügelchen, Schlangen wie aus Knete geformt. Die Teigwürste wurden über Kreuz gelegt, und in die Mitte jedes so abgezirkelten Rautenfeldes kam ein Teigkügelchen.

Besonders künstlerisch begabte Familien formten filigrane Teigblätter und verschlungene Teigarabesken. Das klappte bei uns nie, wurde doch immer wieder versucht und trieb die Kuchenbäckerinnen regelmäßig zuerst in Vergeblichkeitsgefühle, dann in den Jähzorn, bis sie ermattet sich damit begnügten, mit den Zinken einer Gabel den

Rand zum simplen Streifenmuster einzudrücken. Wenn alles fertig gebacken war, durfte man kein einziges Stück des Kuchens probieren, denn die Linzer Torten wurden sofort in Schachteln verpackt und im Keller deponiert.

An dem betreffenden Festtag, zum Beispiel am Weißen Sonntag, wurde dann nachmittags nach einem schweren Mittagessen, Königinpastete, Sauerbraten mit Nudeln, grünem Salat und Vanilleeis, dazu Bier und Wein, um 14 Uhr bereits der Kuchen aufgefahren.

Den Kuchen gab es aber eigentlich nur, um die Zeit bis zum Abendessen um 18 Uhr – Jägerschnitzel, Pommes frites, Kroketten, Gemüseplatte, zum Dessert Weincreme – zu überbrücken. Danach gab es spätnachts nochmal Kaffee, Schnaps und Kuchen. Aber der Großteil des Kuchens wurde gar nicht für den Festtag an sich gebacken. Aus einer Unsitte heraus wurden nämlich am nächsten Tag mindestens dreißig Kuchenpakete gepackt, Inhalt ungefähr sechs schmale Kuchenstücke verschiedener Sorten, Linzer Torte obligatorisch. Die wurden von den Kindern im ganzen Dorf verteilt, wofür sie dann von den Beschenkten Geld oder extra bestellte Wein- oder Bocksbeutelfläschchen bekamen, woraufhin von den Kommunionkindern wiederum gedruckte Dankeskarten verteilt werden mussten: Für die vielen Glückwünsche und Geschenke anlässlich meiner ersten heiligen … auch im Namen meiner Eltern …

Das Beschenken und Verpflichtet-Sein nahm so wochenlang kein Ende. Bei einem Weißen Sonntag waren ja alle Neunjährigen des Dorfes Erstkommunikanten, wenn sie nicht evangelisch waren, was bei uns damals nur ganz selten vorkam. Bei einer Familie mit normal großer Verwandtschaft trafen so am Montag nach dem Weißen Sonntag bis zu zwanzig Kuchenpakete ein, und da konnte natürlich verglichen werden: Wessen Linzer Torte ist die beste, wer hat was falsch gemacht.

An diesem Tag lagen dann die ganzen Kuchenpakete in den Haushalten herum, über weiße Pappe spannte sich Pergament- oder leichtes Butterbrotpapier, und darunter lagen Obstkuchen, gedeckter Apfelkuchen, Frankfurter Kranz, versenkter Kirschkuchen, Käsesahne.

So manches Kuchenstück sah schon nach wenigen Stunden unappetitlich aus und steckte die Nachbarstücke mit der eigenen Verwesung an. Erhaben und unberührt von den Zeichen der Zeit lag aber immer das auf den ersten Blick so bescheiden wirkende Stück Linzer Torte da.

Eine achtzigjährige Verwandte väterlicherseits machte, wenn die Kuchenpakete gebracht wurden, geheime Zeichen auf das Pergamentpapier, um später dann, bei der abschließenden hämischen Beurteilung, nicht die Ursprungshaushalte zu verwechseln. Aber sie hatte auch sonst seltsame Hobbys. Zwölf Stunden täglich beobachtete sie vom Küchenfenster der Rheinstraße aus den Verkehr und prahlte damit, alle Autonummern des immerhin 900 Einwohner zählenden und gut motorisierten Dorfes auswendig aufsagen und den Besitzern zuordnen zu können.

Am Dienstag nach dem Weißen Sonntag fing der Alltag wieder an. Während der ersten Woche gab es noch jeden Abend fremden Kommunionkuchen als Vesper, der Rest wurde dann den Haustieren vorgeworfen. Die selbst gebackene Linzer Torte hatte man nie probieren können, bekam aber zwei Wochen lang kein Käse- oder Wurstbrot, sondern fremde Linzer Torte in die Schule mit.

Das alles ist eine Weile her, und ich weiß nicht genau, wie heute die Sache mit dem Kuchen geregelt wird. Der Kuchenfundamentalismus ist wohl lockerer geworden, und die moderne Frau bestellt an hohen Festtagen in der Bäckerei.

Geschäfte mit Gott

Die Schule in Hügelsheim war, wie wahrscheinlich überall in den sechziger Jahren, eher ein Ort der Unterdrückung und Demütigung als einer des Lernens. Der Oberlehrer und Rektor der Dorfschule bemühte sich, die Klassenunterschiede zu festigen. Die Kinder aus dem »Kalabrich«, einer Siedlung für »sozial schwache Familien«, benannt nach einer italienischen Landschaft, wurden von ihm wegen kaputter Schuhe und zerrissener Kleidung verhöhnt. Kinder, mit deren Vätern er am Stammtisch saß, bekamen natürlich bessere Noten. Aber keiner beschwerte sich darüber, dafür war der Autoritätsglaube in diesen Jahren dann doch noch zu groß.

Aufregend waren die Handarbeitsstunden bei Fräulein Leonhard. Sie wirkte auf uns wie eine Hundertjährige, stand aber wahrscheinlich kurz vor ihrer Pensionierung und unterrichtete die Mädchen in »Handarbeit«, einem von mir sehr ungeliebten Fach, bei dem ich, auch als es später »Textiles Werken« hieß, keinerlei Erfolge erzielen konnte. Handarbeit bei Fräulein Leonhard war gemütlich, sie kam einmal die Woche ins Klassenzimmer, setzte sich ans Pult, beaufsichtigte uns beim Sticken und Stricken und erzählte drohend-lüstern ihre katholischen Splattergeschichten:

»Es war einmal ein ganz schlechter Mann, der keinen Glauben hatte. Der hat sich an einem schönen Sonntagmorgen, als alle frommen Bewohner eines kleinen Dorfes, gar nicht weit von hier, in der heiligen Messe waren, in die Kirche geschlichen. Als der Pfarrer nach der Wandlung die heilige Kommunion austeilte, ging auch der böse Mann zum Altar und ließ sich die Hostie auf die Zunge legen, nahm sie aber gleich wieder in die Hand und schlich mit dem heiligen Leib Christi aus der Kirche heraus zu seinem verfallenen Haus am Ortsrand. In der Scheune legte er die Hostie auf einen Holzblock und holte weit aus, denn er wollte sie mit der Axt zerteilen.«

Unerträgliche Spannung in der Handarbeitsrunde. Fräulein Leonhard machte gerne dramatische Pausen und durchbohrte uns dann mit ihrem strengen Handarbeitslehrerinnenblick, bevor sie fortfuhr:

»Es kam, was kommen musste: Das Verschleppen der Hostie wurde natürlich von Gott sofort bestraft, die hoch erhobene Axt fuhr nämlich nicht durch die Hostie, sondern dem Dieb ins Gesicht und spaltete ihm den Schädel gleich mehrfach. Das Blut spritzte durch die Scheune, hinterließ dicke sämige Spuren an den Bretterwänden, die Axt wütete noch ewig weiter, als der Kopf des Hostienschänders längst schon gefallen war, allein die Hostie aber blieb unversehrt.«

Diese Urgeschichte wurde jede Woche in neuen Variationen erzählt, manchmal schnitt das Gesicht des abgetrennten Kopfes noch schreckliche Grimassen, und der Körper zuckte noch eine halbe Stunde lang vor sich hin, mal kam der Pfarrer hinzu, und die tobende Axt hielt inne.

Der Hostiensplatter hatte eine besondere Brisanz, weil zu dieser Zeit in der katholischen Kirche eine Neuerung eingeführt wurde. Bei der heiligen Messe und ihrem Höhepunkt, der Kommunion, konnten die Kommunizierenden nun frei entscheiden, ob sie die Hostie wie bisher vom Pfarrer auf die Zunge gelegt bekommen wollten oder ob sie den Leib Christi in der eigenen geöffneten Hand aufnehmen und selbst zum Mund führen wollten. Die Möglichkeit der Handkommunion wurde aber nur von den Jüngeren genutzt, für die meisten blieb alles beim Alten. Viele der alten Frauen, die in der Kirche den langen Weg von den hinteren Bänken zum Altar nach vorn schlurften, streckten schon unterwegs und weit vor dem Pfarrer ihre großen gefleckten Zungen heraus, ließen sie über das spitze oder runde, aber immer behaarte Kinn lappen und schlossen dazu demütig die Augen. Der Pfarrer sagte dann »Der Leib Christi«, legte die Hostie auf der Zunge ab, die Frauen fuhren die Zunge ein, schlossen den Mund und liefen mit einem durchheiligten, frömmelnden

Blick zurück zu den hinteren Kirchenbänken, sanken auf die privat angebrachten Kniepolster und versenkten sich ins Gebet.

Wir Grundschüler saßen traditionsgemäß immer vorne in den ersten Reihen, durften selbst ja noch nicht zur Kommunion gehen und konnten so die ganze Zeremonie sehr gut beobachten. Vor allem über die alten Frauen und ihre langen Zungen mussten wir immer sehr lachen, aber nur innerlich, denn lachen in der Kirche war – zumindest während der Wandlung und der Kommunion – eine Todsünde, und darauf folgten ja bekanntlich schlimme Strafen und Verhängnisse.

Geschäfte mit Gott liegen ja im Wesen des Katholizismus, und so kannte auch ich als frommes Kind nicht nur die schöne, mystische Seite des Glaubens – die Marienverehrung, die Blütenteppiche bei der Fronleichnamsprozession, die erhebenden Sonntagvormittage, wenn die heilige Monstranz durch die Felder getragen wurde, die Sträußchen zum Palmsonntag, den Weihrauchrausch –, sondern ich unterhielt auch Geschäftsbeziehungen zu Gott.

»Hey, lieber Gott«, flehte ich regelmäßig bei kleinen Verfehlungen, »wenn das nicht rauskommt, dann bete ich zehn Vaterunser!«

Der Gedanke, dass Gott persönlich von diesen Geschäften eigentlich gar nichts hatte, kam mir nicht in den Sinn. Aber wenn ich einiges angestellt hatte, häuften sich auf meinem Gebetskonto Gott gegenüber schon so achtzig bis neunzig Vaterunser, und ich machte mir zunehmend Sorgen, wie ich das jemals zurückzahlen sollte. Das Beten an sich machte ja nicht direkt Spaß, und deshalb verschob ich den Termin immer auf den nächsten Tag. Da man uns aber beigebracht hatte, dass Gott in diesen Dingen keinen Spaß versteht, nahm ich die Sache dann doch in Angriff und betete in einem Gewaltakt vor dem Insbettgehen mal so zwanzig Vaterunser en bloc. Nach diesem hastigen Herunterbeten hatte ich aber auch ein schlechtes Gefühl, denn es schwante mir schon, dass es um das rein mechanische Wortedahersagen gar nicht ging, und so betete ich zur Versöhnung noch ein freiwilliges Bonus-»Gegrüßet seist du Maria« langsam und bedächtig mit gespieltem Gefühl hinterher.

Ich wollte es mir mit Gott und der Kirche nicht verscherzen, schließlich hatten sie mir ja auch meinen ersten Auftritt jenseits des Spargelackers beschert.

Wir Grundschüler sollten unseren Kindergottesdienst nämlich selbst gestalten, und jeder durfte eine Predigt halten. Meine Schulkameradin Marianne ließ ihren atheistischen hoch begabten älteren Bruder eine Predigt mit dem Titel »Ist der Mensch das Maß aller Dinge?« für sie schreiben, das gab einen furchtbaren Skandal. Ich selbst hatte eine hübsche kleine Predigt, formal zwischen Songtext und Büttenrede, vorbereitet. Aber mein erster öffentlicher Auftritt bescherte mir auch den ersten Lacherfolg, als ich würdevoll von der Kanzel herunterdeklamierte: »Du schenktest uns deinen Sohn – Wir schenkten dir nur Hott und Spohn.«

Mohrle, Wehner, Kunta Kinte

Tiere galten in der Landwirtschaft – zumindest bei den Vätern – ja nur etwas, wenn sie Milch gaben, Eier legten oder gegessen werden konnten. Hunde wurden notgedrungen als Wächter akzeptiert, die Nützlichkeit von Katzen als Mäusefänger aber schon angezweifelt. Zwergkaninchen, Meerschweinchen und andere Ziertiere galten als völlig überflüssige Fresser. Allgemein war es ratsam, die Anzahl der Haustiere, vor allem der vermehrungsfreudigen Katzen, vor dem Vater geheim zu halten, wie es auch sonst ratsam war, sich gegen die Männer zu verbünden.

Denn die Väter, Gastwirte, Lehrer, Handwerker und Landwirte, waren in dieser Zeit brummelige schweigsame Männer, die immer arbeiteten und kaum Verständnis für die Konsum- und Freizeitwünsche ihrer Kinder zeigten. Sie »bruddelten« eigentlich nur den ganzen Tag, das heißt sie schimpften ständig schlecht gelaunt vor sich hin, das

Beste war, man ging ihnen so gut wie möglich aus dem Weg.

Im Fernsehen, vor allem in den amerikanischen Serien, war das ganz anders.

Bei »Lassie« fuhr man schick mit dem Pick-up am Supermarkt vor und stellte nach dem Einkauf große braune Papptüten locker auf die offene Ladefläche. Die Väter trugen Jeans und karierte Hemden und schrien ihre Kinder nicht an – eine ganz andere Welt. Selbst der Vater von Flippers jungem Freund Sandy Ricks, der aus heutiger Sicht gegenüber seinem Sohn doch sehr patriarchalisch-autoritär auftrat, ihm immer nur Vorhaltungen über seine Pflichten machte und ihm das Rumhängen mit dem Delfin verbieten wollte, nahm seinen Jungen irgendwie ernst und sprach mit ihm als gleichberechtigtes Gegenüber.

Auch bei den Cartwrights aus »Bonanza« standen Hoss, Adam und Little Joe nicht unter der Fuchtel von ihrem Pa Ben Cartwright, sondern wohnten ganz gemütlich in ihrer Männer-WG zusammen.

Das Pendant zu den bruddeligen Vätern waren die perfekten Hausfrauen. Es gab sogenannte 150-Prozentige, das waren Frauen, bei denen immer alles picobello war: Kein Krümel auf den porentief reinen Ablageflächen der Einbauküchen. Die Geranien auf den Fensterbänken und den Balkonen wurden täglich gedüngt, sodass die roten Blütenballen fast explodierten. Die ganze Sippe ging einschließlich aller Kinder immer in die Kirche, wenn eine Messe für die Verwandtschaft gelesen wurde, die zu betreuenden Gräber auf dem Friedhof glichen den Ausstellungsbeeten der Landesgartenschau, der Hof war in Nebenerwerbslandwirtschaft vorbildlich geführt, der Garten akkurat und unkrautfrei – *Unser Dorf soll schöner werden*. Die Kinder hatten gute Noten, waren Messdiener und gute Turner, man stand gut mit dem Pfarrer und den anderen Honoratioren.

Zum Glück waren wir auf dem Siedlerhof ein wenig abseits dieser Dorfidylle.

Die älteren Männer waren im Krieg gewesen, manche erst spät aus der Kriegsgefangenschaft zurückgekehrt. So etwas wie Gefühle zeigten sie höchstens in ihrem Verein oder an Weihnachten.

»Das hätte mir nie gedacht, in Russland im Winter '41, wo wir im Schnee in so einem elenden Graben gelegen sind, dass wir nochmal an Weihnachten so im Warmen sitzen«, hieß es dann unisono am Heiligen Abend in den Wohnzimmern. Aber auch die Jüngeren, die erst in den dreißiger Jahren geboren waren, waren streng und verbittert und fast noch engstirniger und rückständiger als die Älteren.

Kinder, Tiere, Mütter hielten zusammen und mussten sich durchsetzen. Die Mütter organisierten den Alltag und entschieden fast alles, von den größeren Anschaffungen bis zur Namensgebung der Tiere.

Im Badischen hießen schwarze Tiere immer Mohrle, erst im Laufe der fortschreitenden kulturellen Amerikanisierung auch mal »Blacky«.

Meine Mutter berücksichtigte aber auch aktuelle Moden und Strömungen. Minnie, unsere älteste, sehr schlaue Katze, führte den Zweitnamen »der Wehner«. Denn ihr schwarz geränderter, etwas ausgefranster Mund ähnelte dem des berühmten SPD-Mitglieds. Minnies Katzenmund wies nämlich seitlich eine ähnliche Kräuselung nach unten auf wie bei Herbert Wehner, wenn er, die Pfeife schief im Mund, seine großen Bundestagsreden hielt.

Als die Fernsehserie »Roots« die badische Landbevölkerung erstmals für das Schicksal der afrikanischen Sklaven in Amerika sensibilisierte, wurde gerade wieder ein Wurf Katzen geboren.

»Spätjahrkatzen werden nichts!«, lautet eine alte Volksweisheit, und tatsächlich kümmerte sich die Katzenmutter, zu jung oder überfordert oder beides, nicht um ihre Jungen und überließ die fünf blinden, frierenden Würmer ihrem Schicksal.

Eine Herausforderung für jede Tierpflegerin!

Da musste schnell in die Apotheke ins Nachbardorf geradelt, Fläschchen, Sauger und Katzenmilchersatznahrung gekauft werden. Ich fühlte mich wie Daktaris Assistentin, immer atemlos im Safarilook in den offenen Jeep springen, Löwenbabys retten, Wilderer überführen, die kreischende Schimpansin Judy an der Hand und den schielenden Löwen Clarence auf dem Rücksitz.

Anders als bei den Urwalddoktoren ließ sich aber in Hügelsheim die Katzenaufzucht sehr mühevoll an. Die Kleinen schrien nur, tranken kaum, das Füttern beanspruchte mehrere Stunden täglich und blieb doch folgenlos. Alle starben, bis auf einen kräftigen gestreiften Kater mit großem Überlebenswillen, den die Mutter nach dem Protagonisten des besagten TV-Epos »Kunta Kinte« nannte. Im Heizungskeller wurde er feierlich mit profanem Leitungswasser, einem kleinen Kreuzzeichen auf der haarigen Katzenstirn und den Worten »Ich taufe dich auf den Namen Kunta Kinte« in die Gemeinschaft der Gläubigen aufgenommen.

Bei den Nachbarn vom Hof gegenüber ging es Jahre später bei der Namenswahl noch exaltierter zu. Der älteste Sohn hatte sich in der jugendlichen Phase der Sinnsuche für die Hare-Krishna-Bewegung interessiert, und so kamen auch die beiden jüngeren Mädchen über das Post-Hippietum der Landfreaks erst historisch verspätet zur Indienbegeisterung, wurden um 1976 Vegetarierinnen, bauten kleine Krishna-Altare auf und lasen in der Baghavad-Gita. So kam es, dass ihre Mutter, als Bäuerin keiner Fremdsprache mächtig, jeden Abend vor der Haustür stand und zärtlich lockend: »Saminta, Rataplana, Govinda, kommt! Fressen!« über den Hof rief.

Die Katzen kamen gerne in Kleiderschränken und Wäscheschubladen nieder. Waren es zu viele, wurde ihnen ein Junges gelassen und der Rest von einem männlichen Verwandten aus dem Dorf totgeschlagen. Ganz rückständige grobe Leute warfen sie in einem Sack in den Altrhein, tierfreundlicher war da ein Schlag mit einem harten Gegenstand, etwa dem massiv hölzernen Griff eines Schraubenziehers. Das wurde den Kindern natürlich feinfühlig verschwiegen.

»Die Minnie hat nur noch ein Junges«, meldete ich alarmiert, »wo sind denn die anderen?«

»Die hat ein fremder Roller gefressen«, hieß es dann besänftigend, oder: »Die Alte wird sie fortgeschleppt haben.«

Als ich später hinter die grausame Wahrheit gekommen war, versteckte ich die Neugeborenen im Strohschopf, bis sie zu groß zum Totschlagen waren. Diese Outdoor-Katzen wurden dann aber wild, sie kratzten, spuckten und bissen, wenn man ihnen zu nahe kam, und so hatte man dann auch nichts von ihnen.

Sowieso dezimierte sich die Zahl der Katzen ständig, weil die gut befahrene B 36 am Haus vorbeiführte. Minnie, der kluge Wehner, schaute zwar mehrmals rechts und links, bevor sie die Straße überquerte, aber viele ihrer Artgenossen schafften es nicht. Da sah man dann oft ein vertrautes Stück Fell, manchmal schon ganz in den Asphalt eingearbeitet, auf der Straße liegen.

Hinter den Essigbäumen am Spargelacker hatte ich für solche Vorkommnisse einen Katzenkirchhof angelegt. Zierliche Holzkreuze, aus den schmalen Latten der Erdbeersteigen zusammengetackert, trugen die Filzstift-Aufschriften »Inri« und »Mohrle«, ausrangierte Väschen, gesprungene Senfgläser, je nach Saison mit Löwenzahn, weißen Holunderblüten, Schafgarbenstängeln oder blühendem Steinklee, schmückten die kleinen Gräber. »Gibt es auch für Katzen einen Himmel?«, hatte ich als religiöses Kind vorher nachgefragt. »Natürlich«, hatte es geheißen, »die Tiere haben ihren eigenen Himmel.«

Und so stellte ich mir in meinem Kinderglauben an besonders hellen, freundlichen Tagen viele bekannte Katzengesichter mit großen Schnurrhaaren vor, die aus dem weiten, blauen Himmel über Hügelsheim glücklich auf die Erde und uns Menschen hinabblickten.

Wenn nach einiger Zeit der Schmerz aber nachließ, wurde die Grabpflege mehr und mehr vernachlässigt, der Wind wehte die Holzkreuze um, und eines Tages waren die Gräber ganz verschwunden.

Die tatsächliche Zahl der Katzen vor dem Vater geheim zu halten, war in den warmen Monaten kein Problem. Denn alle Katzen waren miteinander verwandt, ähnlich gefleckt und getigert. Wir hatten an die sieben oder acht sogenannte Schildpatt- oder »Hitlerkatzen«, wie sie ein Spargelkunde wegen ihrer Reichsflaggenfarben – Schwarz-Weiß-Rot – nannte. Die Schildpattkatzen waren wegen einer genetischen Besonderheit immer weiblich. Daneben gab es in dieser Katzensippschaft noch ein paar rot-weiß getigerte Kater. Und wenn es auch insgesamt manchmal bis zu zwölf Katzen waren, so gingen sie doch ihre eigenen Wege und traten im Freien nie in großen Gruppen auf.

Ein gleichgültiger Beobachter wie mein Vater hätte durchaus denken können, es begegne ihm mehrmals täglich immer wieder die gleiche Katze.

Nur im Spätherbst und Winter, wenn es draußen kalt

wurde und wir abends in der kleinen Küche am Vespertisch saßen, mein Vater schweigend Schwarzwurstscheiben abschnitt und mit Senf beschmierte, dann den Brotlaib direkt vors Herz hielt und das lange Messer ansetzte, um ein Stück abzuschneiden, wurde es gefährlich. Denn da kam es vor, dass sich zwölf Katzen – allesamt »verfrorene Menscher«, also kälteempfindliche Tiere – in der kleinen warmen Küche drängelten.

Meistens passierte gar nichts, der Vater vesperte schweigend vor sich hin, stand dann auf und machte im Wohnzimmer den Fernseher an. Aber manchmal blickte er am Küchentisch ohne Grund plötzlich von seinem Holzbrettchen auf, stutzte und betrachtete böse sinnierend den Katzenteppich zu seinen Füßen. Dann legte er entrüstet das Messer weg, drehte den Oberkörper halb, um einen Panoramablick hinter sich zu werfen, und sagte grimmig: »Sag mal, wie viele Katzen haben wir denn eigentlich? Das sind doch mindestens vier oder fünf, die hier unten liegen, und da am Fenster sitzt auch noch eine, die rein will!« Alarmstufe eins.

»Hast du nichts Besseres zu tun, als Katzen zu zählen?«, erwiderte meine Mutter dann eher beiläufig-unwirsch. »Das sind halt die zwei Alten und ihre Jungen, die wir immer schon haben, mach lieber mal vorwärts mit deiner Vesperei, ich brauch den Tisch zum Bügeln!«

Während dieses Wortwechsels über dem Küchentisch versuchten wir die mindestens neunköpfige Katzenmasse mit sanften Tritten und Schüben unter den Küchentisch zu befördern und gleichzeitig die Allerkleinsten, die dort noch im Katzenwochenbett auf einem alten Wollpullover in einem Karton hausten, von ihren Kriechversuchen in die Welt jenseits des Küchentischs abzuhalten. Das gelang auch meistens, und am nächsten Tag war der Vorfall vergessen. Die ganze Szene wiederholte sich aber alle paar Wochen.

Sie wünschen, wir spielen – wir wünschen, sie spielen

Es wurde viel gesungen zu Hause. Die Eltern waren im Kirchenchor, der Vater im Männergesangverein, früher schon, vor dem Krieg, hatte er mit seinen Brüdern Musik gemacht, auf Hochzeiten und an Fastnacht in der Dorfwirtschaft gespielt. Klavier, Akkordeon und Geige hatten sich die Brüder gegenseitig beigebracht.

Musik hörte ich mit meiner Mutter jeden Mittag, beim Kochen lief im Radio die Sendung »Sie wünschen, wir spielen«. Da riefen Hausfrauen und Omas an, wünschten sich den Montanara-Chor, den »Gefangenenchor« aus Nabucco. Täglich mindestens einmal sang Camillo Felgen »Ich hab Ehrfurcht vor schneeweißen Haaren«. »Alles Gute auch Ihnen und die besten Wünsche an Sie und das ganze Team«, biederten sich die Hörerinnen in der Telefon-Liveschaltung dem Moderator an.

»Es ist ein Herzenswunsch von mir, dass es dir gutgeht«, wünschten sie sich und grüßten damit ihren Mann, ihre Kinder und Enkelkinder und alle Verwandten und alle, die sie kannten und auch, die sie nicht kannten. Und zur goldenen Hochzeit »Liebling, auch wir werden älter«. Dieser Titel gefiel mir als Kind seltsamerweise sehr gut, für den anderen *Ageism*-Schlager »Man müsste noch mal zwanzig sein« fehlte mir hingegen jedes Verständnis, und den großen Trompeteninstrumentalhit »Il Silenzio« fand ich immer schon etwas bedrohlich.

Wenn die Sendung vorbei war, setzte meine Mutter beim Geschirrspülen gerne zu berühmten Operettenarien an, am liebsten sang sie mit ihrer tiefen Stimme die Männerrollen: »Ach, ich hab sie ja nur auf die Schulter geküsst«, »Ja, das Studium der Weiber ist schwer« und »Mein idealer Lebenszweck ist Borstenvieh, ist Schweinespeck«.

Ich trocknete ab und antwortete: »Ich bin nur ein armer Wandergesell, gute Nacht, liebes Mädel, gut Nacht. Gar dünn ist mein Wams und gar dick ist mein Fell, gute Nacht, liebes Mädel, gut Nacht.« Dieses Lied übte meine ältere Schwester immer auf der »Organa«, einer Art elektrischem Ersatzklavier mit hohen, abschraubbaren Holzbeinen, verkürzter Tastatur und mit dem Knie zu bedienendem Lautstärkeregler. Ich stand gerne daneben und sang ein bisschen mit: »Ave Maria« war so schön dramatisch, »Träumerei« und »Für Elise« langweilten mich eher, das waren ja Lieder ohne Text!

Einen tiefen Eindruck hinterließ in jungen Jahren, mit sechs oder sieben, ein Lied aus der Lehár-Operette »Das

Land des Lächelns«: »Immer nur lächeln und immer vergnügt, immer zufrieden wie's immer sich fügt, lächeln trotz Weh und tausend Schmerzen, denn wie's da drin aussieht, geht niemand was an.«

Die Beatles kannte ich nur als Persiflage, in jeder Samstagabend-Unterhaltungsshow traten entweder Schimpansen oder Schauspieler mit Perücken auf, die Gitarren hielten und so lange wild die Köpfe schüttelten, bis die Perücken in weitem Bogen herunterfielen – ein großer Lacherfolg beim Saalpublikum, aber auch bei uns im Wohnzimmer.

Später dann, mit elf oder zwölf, hörten alle SWF 3 »Pop Shop«. Meinen besten Freundinnen, Marianne und Herta, wurde Musik auch immer lebenswichtiger, und so erfanden wir das Musikorakel. Denn all die Songs, die wir hörten, hatten eine so große Bedeutung für uns, dass wir mit ihnen lebten und sie in unser magisches Denken einbezogen.

Das Musikorakel geht so: Man konzentriert sich auf ein Problem, einen Wunsch, eine Sehnsucht und sagt mit fester, aber unhörbarer Stimme zu sich selbst: Das nächste Stück, das jetzt im Radio läuft, wird mir sagen, wie mein Leben in nächster Zukunft aussieht.

Sehr gerne wurde das Orakel zu den Chancen bei aktuellen Schwärmereien und Verliebtheiten befragt. Da galt dann die Regel, dass bei einer männlichen Stimme der zukünftige Geliebte direkt zu einem sprach, während bei einer Sängerin das Lied Aufschluss über die eigene seelische Verfassung geben konnte. Sehr vorteilhaft fiel ein Musikorakel aus, wenn »Baby, I love you«, »Black magic woman«, »All I need is the air that I breathe« von den Hollies oder »Radar Love« (dies sprach eher für eine kurze leidenschaftliche Affäre) gespielt wurden. Am besten war eigentlich Lobos »Baby, I'd love you to want me«, mehr konnte man von einem Orakel nicht erwarten.

Sehr schwierig wurde das Orakel, als die Band 10cc mit »I'm not in Love« in die Charts kam und der Hit ständig im Radio lief. Was für ein niederschmetterndes Orakel, wenn man nach den Aussichten in einer Liebesangelegenheit gefragt hatte! Vorher war »Love Hurts« von Nazareth schon entmutigend genug gewesen. Aber da, so konnte man argumentieren, sang doch immerhin ein Mann über die Vergeblichkeit der Liebe an sich, offenbarte seine Gefühle, immerhin mal was!

Auch das rätselhafte »Seasons in the Sun« von Terry Jacks, das 1974 viertelstündlich im Radio lief, war ein schwieriges Orakel. Wir einigten uns darauf, dass »Seasons in the sun« darauf hinwies, dass das verehrte Objekt eine irgendwie dunkle Seite haben könnte, vielleicht leicht depressiv war, und sich deshalb einbildete, bald sterben zu müssen und schon einen Sohn zu haben. Nicht gerade zukunftsträchtig, aber doch genug Anlass zu Spekulationen und Hoffnung.

»Wieder so ein Borderline-Gestörter!«, würde man das Terry-Jacks-Orakel heute deuten, aber 1974 war das Syndrom noch unbekannt. Aber dann »I'm not in Love«! Klarer kann man eine Absage ja wohl nicht formulieren. Aber auch da fanden wir einen Ausweg, denn beim Musikorakel ist alles Interpretationssache. Auf den ersten Refrain folgt nämlich ein ruhiger Teil, und eine weibliche Stimme flüstert ins Ambientkeyboard hinein: »Be quiet, big boys don't cry.« Klarer Fall, er ist eben doch »in love« und will es nur nicht zugeben! Aber warum ist dann die Stimme weiblich, wenn es doch das lyrische Ich, der Sänger selbst sein soll, der da spricht? Wahrscheinlich weiß er erst unbewusst, dass er doch »in love« ist, und das Unbewusste wird eben durch eine weibliche Stimme, eine gute Fee etwa, dargestellt. Fazit: »I'm not in love« heißt: Es ist schwierig, es wird vielleicht noch eine Weile dauern, aber Gefühle sind da.

Dann, auf den ersten Partys, beeindruckten einen ansonsten eher stumpfe Typen, wenn sie im Kifferzimmer ihres elterlichen Einfamilienhauskellers auf der akustischen Gitarre das Intro zu »Stairway to Heaven« oder »Wish you were here« spielen konnten. Alle hörten eigentlich immer nur Neil Young, im Radio liefen, wie heute immer noch, Dire Straits und Rolling Stones, und »Carpet Crawler« von Genesis war ein Jahr lang auf Platz eins der SWF 3-Charts.

Die Leute im Dorf konnten Haschisch und Heroin nicht auseinanderhalten, und wenn man ins Nachbardorf trampte, erzählten die alten Tratschweiber, man würde »auf den Strich gehen«. Die Lehrer der Realschule hielten Krisensitzungen wegen der verkommenen Dorfjugend ab, und da ahnte man bereits, dass man hier weggehen musste. Später dann, als die Älteren schon einen Führerschein und ein Auto hatten, gab es endlose Fahrten, zu viert singend auf dem Rücksitz, durch den Schwarzwald ins Paradiso nach Gernsbach oder ins Ocean nach Oberkirch. Dort angekommen, schlug einem natürlich sofort die Tristesse der Provinzdisco entgegen, nix los, blöde Musik, Phil Collins. Man versuchte, das Beste daraus zu machen, langweilte sich so geistreich wie möglich mit der Clique und fuhr dann wieder singend und bester Laune zurück. Jahrelang waren beim Ausgehen die Fahrten das Beste, wie auch heute immer noch das Rumfahren das Beste ist.

Bovary ’82

Aber man konnte so weit fahren, wie man wollte, kilometerweit über Landstraßen, durch Gewerbegebiete, von Landwirtschaftswegen auf Autobahnzubringer und Ortsumgehungsstraßen, es war einfach nirgendwo so richtig was los. Und auch die schönsten Fahrten endeten samstagnachts wieder zu Hause, dann folgte der leere Sonntag, und mit jeder neuen Woche lag ein weiteres ereignisloses Nichts vor mir.

Selbst in der nächstgrößeren Kreisstadt Rastatt machte das Szenecafé um zehn schon zu, da endete dann die jugendliche Sehnsucht nach Schicksal und Erlebnissen im tristen Billardcafé Charleston.

Was will man machen?

Mit siebzehn eine Buchhändlerlehre als Alternative zum Sekretärinnendasein, das einem die Eltern als traumhafte Existenz nahegelegt hatten: Geregelte Arbeitszeiten, Feierabend um halb fünf, Urlaub, keine dreckigen

Hände! Aber die Buchhandlung war auch kein Tor zur Welt, da gab es zwar den neunwöchigen Blockunterricht in den »Schulen des Deutschen Buchhandels« in Frankfurt, da begrüßte Siegfried Unseld die Auszubildenden noch persönlich. Da gab es Vorlesungen über französische und englische Literatur, über Proust und Seminare mit nie zuvor gehörten knalligen Titeln wie »Die Liebe und das Abendland«. Da kamen Dozenten von der Uni Frankfurt, die erst einmal über die Startbahn West und dann über die Vorsokratiker reden wollten. Aber das Leben in Frankfurt-Seckbach war fast noch trostloser als in Rastatt, die Frankfurter Innenstadt wirkte eher abstoßend, und ein Besuch in Sachsenhausen oder in der Batschkapp war auch nicht das, was ich mir unter Szene vorstellte. Nach den neun Wochen war man den Rest des Jahres wieder den ganzen Tag in einem Laden eingesperrt, da ging es weniger um Literatur als um die normalen Verrichtungen einer Kleinstadtbuchhändlerin: das Schulbuchgeschäft, die Gotteslob-Ausgabe mit Goldschnitt und das Remittieren von Zeitschriften.

Was will man machen? Eigentlich nie mehr arbeiten.

Vielleicht ein Kind kriegen, die Lehre abbrechen und nach einem schrecklichen Jahr als Nur-Mutter im »zweiten Bildungsweg« aufs Abendgymnasium, um wenigstens abends weg von der Großfamilie und ein bisschen rauszukommen.

In der Stadt leben, spät aufstehen, manchmal auch gar nichts machen, so lebten andere Menschen, selbst kam man da ganz schlecht ran. Die glitzernde Stadt, in der alles möglich war, konnte eigentlich nur Berlin sein.

Berlin, Berlin. Alle sprachen von Berlin. Berlin war ein großes Versprechen, düster, drohend, ein gefährlicher Virus. Wer einmal in Berlin gelebt hat, kann in keiner anderen deutschen Stadt mehr wohnen, prahlten irgendwelche eingebildeten Hanseln, die als Wehrdienstflüchtige gerade ihr erstes halbes Jahr in Westberlin hinter sich gebracht hatten. Man lachte über die Angeber und hielt den trotzigen Stolz der Daheimgebliebenen hoch, aber man wusste insgeheim auch, dass sie recht hatten.

Spätestens beim Schlüsselerlebniskonzert von Ton Steine Scherben in der Mehrzweckhalle in Muggensturm, einem sehr kleinen Dorf hinter Rastatt. Da stand Rio Reiser auf der Bühne ganz in Weiß, das Mikrophon ganz hoch geschraubt, sodass er den Hals recken musste, und sang heiser »Der Mariannenplatz war blau, so viel Bullen waren da«. »Wir sind geboren, um frei zu sein«, sang er und »Hallo, hallo, ist da die Irrenanstalt«, und während er sang wurde alles klar: »Ich muss hier weg, alles hinter mir lassen, nach Berlin ziehen, eine Band gründen.« (Ironie des Schicksals, dass die Scherben zu diesem Zeitpunkt bereits von Berlin nach Fresenhagen geflohen waren.)

Aber man kommt nicht so leicht weg vom Land, zumindest nicht ganz allein, ohne Geld und mit einem einjährigen Kind.

Wir behalfen uns mit unserer Jugend und unserem Erlebniswillen so gut wir konnten. Wir gingen aus, wir gingen was trinken, wir gingen tanzen. Wir fuhren zu Konzerten nach Karlsruhe.

Dort gastierte »Die grüne Raupe«, ein Wahlkampf-Polit-Konzertabend der Grünen. Ougenweide, Konstantin Wecker und Ton Steine Scherben waren dabei. Mehr als die Scherben beeindruckte mich und meine Freundin aber eine Band, bei der nur Frauen mitspielten. Carambolage hießen sie. »Mein Lippenstift, wo ist mein Lippenstift?«, fragte die Sängerin in zickiger NDW-Manier von der Bühne herunter, und die Bassistin ganz cool und selbstverständlich, und die Schlagzeugerin entrückt und doch ganz entschlossen und verletzlich, als gelte jeder Schlag auch ihr selbst, Britta Neander. Wir kannten Suzi Quatro und verehrten Patti Smith und Joan Armatrading, aber so eine Band hatten wir noch nie im Leben gesehen. Schon am nächsten Tag verschafften wir uns Zutritt in den Proberaum einer befreundeten Band und versuchten, das Carambolage-Stück nachzuspielen. Wir veranstalteten einen unglaublichen Lärm, vermessen schien es uns: Wir sind im Proberaum und schlagen auf die Instrumente ein! Ein nie zuvor da gewesener Spaß! Aber es wiederholte sich nicht, die anderen sprangen ab.

Um eine Band zu gründen, braucht es nicht nur Vorbilder des gleichen Geschlechts, einen Raum, die Produktionsmittel, Ideen und Zeit, sondern auch die nötige kollektive Entschlossenheit.

Die Jungs aus dem Proberaum, ein paar Jahre älter und eher dem Genre melodiöser Hardrock zugetan, suchten eine Sängerin, und so kam es zur Gründung von »Zwei Mark Ungrad«. Ich dachte, es wäre Punk, aber es war eher so südstaatenbeeinflusster Mittelbaden-Rock. Ich sang, schrieb die Texte und die Melodien, und die beiden Gitarristen waren hoch zufrieden, schienen doch hin und wieder ein paar Gesangszeilen unverzichtbar, um die Zeit zwischen zwei ausufernden Gitarrensoli sinnvoll zu überbrücken.

Aber immerhin: Eine Band und erste Auftritte, auch wenn meine Mitmusiker für meine Begriffe etwas oldschool gitarrensoloorientiert waren.

Dabei passierte musikalisch doch einiges zu der Zeit, es gab New Wave in Karlsruhe und die Kakadu Bar in Ötigheim.

Dort im Keller einer gutbürgerlichen Gastwirtschaft legte eine Rastatter Clique, durch Berlinbesuche innerlich gereift und musikalisch sensibilisiert, einmal die Woche neue Platten auf, mit bisher nie gehörter, irgendwie gefährlicher Musik. »Tanz den Adolf Hitler, Tanz den Mussolini« und »Paul ist tot kein Freispiel drin« sangen da verzweifelte junge Männer. Keiner wusste damals eigentlich, was es mit diesem Paul und dem Freispiel auf sich hatte, aber jeder spürte, wie die eigene jugendliche Verzweiflung und Sehnsucht in diese Zeilen gegossen war. Aber auch harmlosere Songs wie Nenas »Nur geträumt« versprachen so viel von einem aufregenden tollen Leben, nur das eigene Leben schien mit zwanzig schon vorbei zu sein. Da hockte man auf dem Land, mit einem Baby, was konnte man da schon machen? Alle Schaltjahre ein Auftritt auf dem Open Air in Bühl, nachmittags mal ins Elsass fahren und eine Hippiefamilie mit kleinen Kindern besuchen, ewige Spaziergänge mit Kinderwagen und Hund auf dem geteerten Fahrradweg der B 36 entlang. Und das Gefühl, dass es immer so weitergehen, dass man niemals da rauskommen wird.

Wohl zehnmal las ich »Madame Bovary«, vor allem die Stellen, in denen sie vom Leben in den Salons von Paris träumt, und bedauerte mich, fühlte mich wie eine unverstandene Bovary '82:

»Also sollten sich fortan ihre Tage aneinanderreihen wie die Perlen an einer Schnur, jeder immer wieder gleich dem anderen, sollte kommen und gehen und nie etwas Neues bringen. (...)

Die Zukunft lag vor ihr wie ein langer stockfinsterer Gang und die Tür ganz am Ende war fest verriegelt.«

Warum war alles nur so schlimm, damals?

Vielleicht ist man empfindlicher, wenn man ganz jung ist und die Zeit noch langsamer vergeht.

»Mein Leben ist zu Ende«, denkt man ja seltsamerweise in der schönsten Jugend, und später, wenn es berechtigten Anlass zu so düsteren Gedanken gäbe, verdrängt man sie. Ach woanders, da gab es Punk und große Städte und wilde Jugend, gab es neue Bands wie die Einstürzenden Neubauten, da wurden Häuser besetzt und Straßenschlachten geschlagen, da gab es »underground«, da lebte man! Und so wurde mir immer klarer, was eigentlich schon seit Ton Steine Scherben in Muggensturm und DAF in Ötigheim klar war:

Ich muss hier weg, nach Berlin ziehen, eine Band suchen.

Rock me in crazy Berlin

Berlin ’85

Im Kreuzberg der Achtziger gab es leider viele Kiffer, und die Suche nach einer Band führte in moderige Proberäume, zu ewigen »sessions«, also fruchtlosem Vor-sich-hin-Gedudel. Kaum einer der Musiker konnte sich etwas merken, und eigentlich wollte auch keiner Stücke machen, und wenn endlich einmal doch etwas probiert werden sollte, kam garantiert irgendein fremder Hirni dazu und klopfte stundenlang ergriffen auf »Tablas« oder anderen Hippietrommeln herum.

In den weißen Bars saß jeder für sich schwarzgefärbt und -gekleidet am Einzeltisch und starrte düster-arrogant auf sein Getränk.

Wie sollte man da die Band fürs Leben kennenlernen, wenn noch dazu bereits der Anflug eines badischen Akzents als extrem uncool galt?

In Berlin zu wohnen war für alle zugezogenen Provinzler – echte Berliner gab es nur bei der Polizei, der BVG oder beim Arbeitsamt – ein selbstgezimmertes Adelsprädikat. Grundsätzlich verdoppelte man die Berlinjahre, um besser dazustehen. An Weihnachten fuhr man nicht etwa »nach Karlsruhe« oder »nach Hause«, sondern, in einem Nebensatz etwas verächtlich hingenuschelt, nach »Westdeutschland«. Das Leben spielte sich in der Kreuzberger Oranienstraße und Wiener Straße ab, manche rühmten sich damit, nie über den »Kotti« (U-Bahnhof Kottbusser Tor) hinauszukommen. Besonders phlegmatische Kiffernaturen schafften es selten auf die andere Seite der Hochbahn, die das alte SO 36 brutal zerschnitt, sie kamen nie über den Heinrichplatz hinaus und kannten die Welt links der Hochbahn, das Madonna, das Wiener Blut und Intertank nur vom Hörensagen.

Die Unternehmungslustigeren verbrachten die Nächte in Schöneberg, wo die berühmten Underground-Berliner Blixa Bargeld und Nick Cave im Risiko und im ex&pop waren, ganz lange Nächte endeten in der Disco Chez Konrad am hinteren Ende des Kurfürstendamms.

In Kreuzberg kam man nicht weit, Kreuzberg war überall begrenzt, endete immer überall – entweder am Kanal oder an der Mauer.

Der äußerste, verlorenste Zipfel Kreuzbergs war der Platz vor der Oberbaumbrücke hinter der U-Bahn-Endstation Schlesisches Tor – ein beliebter Ort für die Spaziergänge junger Melancholiker.

Da, wo sich die Westomas von den Ostomas mit ihren geblümten Einkaufssäckchen unter den Augen der gelangweilten Grenzer verabschiedeten, am toten Ende der Falckensteinstraße, am Ende der Welt, da konnte sich der junge depressive Mensch in seinem Weltschmerz vollauf bestätigt fühlen, spiegelte doch die Stadtlandschaft die Sinnlosigkeit der eigenen Existenz perfekt wider.

Auch die Eisenbahnschienen auf dem wüsten Areal des Görlitzer Bahnhofs wiesen ins Nichts. Am Ende des Brachlands führte eine alte Eisenbrücke über die Wiener Straße und den Kanal. Die ganz Unangepassten kletterten hinüber, betraten Niemandsland und legten sich demonstrativ nackt auf die Wiese direkt vor der Mauer, schon auf DDR-Gebiet und somit ungreifbar für die Westberliner Polizei.

Wir wollen jetzt nicht in Westberliner Sentimentalitäten verfallen und davon schwärmen, wie beschaulich morbide es noch war, als nur Rentner über die Oberbaumbrücke kamen und die Schlesische Straße hinter der ältesten Tankstelle Deutschlands an der Mauer endete. Aber schön war es doch. In der Falckensteinstraße flogen die Besoffenen schon mittags im Minutentakt aus den liebevoll »Mördereck« getauften Säuferkneipen. Und gerade im Sommer kam ein fast mediterranes Lebensgefühl auf, wenn sich benachbarte Alkoholikerinnen aus den Fenstern ein liebevolles »Halt's Maul, du blöde Votze!« zuriefen.

Es war hart in Berlin, aber auch sehr schön. Alles war grau, verraucht und kaputt, die Häuser hatten Einschusslöcher, in fast jeder Straße lag ein Grundstück brach, fehlte ein Haus. Überall war Verfall und Ruin, und das herausgeputzte saubere Deutschland war ganz weit weg. Das Schönste aber war, sich nicht mehr als Außenseiterin zu fühlen. Normale Berliner lebten in Tempelhof, in Zehlendorf oder Friedenau, in Kreuzberg aber waren alle Außenseiter: Die Bundeswehrflüchtlinge, die Türken, die Musiker und Künstler, die Schwulen und Lesben, die Alkoholiker, selbst die zugezogenen Studenten aus guten Verhältnissen.

Der Anschluss an die Ausgehgesellschaft, der Versuch, Nachtleben, Studium, Job und Kind in einem tollen Alltag zusammenzubringen, gestaltete sich problematisch. Es lohnte sich, aber es war anstrengend. Zumal, wenn man sich am Morgen nach einer im ex&pop verbrachten Nacht die sauertöpfischen Vorhaltungen des Elterninitiativkinderladenplenums anhören musste, weil man den blöden Blagen der ökologisch orientierten und in alternativen Zusammenhängen arbeitenden Eltern schon wieder nur verkochte Spaghetti statt hochwertige Gemüse-Vollkorngerichte vorgesetzt hatte.

In der Woche saß man stundenlang in der U-Bahn zur Freien Universität in Dahlem, um dann, innerlich und äußerlich desorientiert, in den überheizten Labyrinthen der »Rostlaube«, wo der Fachbereich der Germanistik untergebracht war, herumzuirren. Kennenlernen wollte man da keinen, weil einen die trauerumflorten Drogen- und Künstlergestalten aus dem Nachtleben sowieso mehr interessierten als die farblosen Oberschichtskinder aus dem Literaturwissenschaftsseminar.

Samstags ging man auf den Matschflohmarkt am Potsdamer Platz, im Sommer an den Flughafensee oder ins Prinzenbad, ab und zu ein Konzert im Loft, im Blockschock oder im Tempodrom. Die Bands aus Kreuzberg hießen Strangemen, Lolitas und Jingo de Lunch, und alle waren gemütlich aufgehoben in ihrer Szene, keiner suchte eine Sängerin, die neu in Berlin und keine Amerikanerin war.

Dabei sind die Kulturleistungen der Schwaben und Badener in Berlin unübersehbar. Die Hausbesetzerbewegung der frühen achtziger Jahre wäre zum Beispiel ohne die schwäbischen Tugenden Fleiß, Durchhaltevermögen und Sparsamkeit – »Schaffe, schaffe, Häusle baue« – niemals zur Instandbesetzungsbewegung geworden.

Genauso wenig wäre es in Berlin niemals zum ersten 1. Mai gekommen, hätten nicht die Badener ihr revolutionäres Temperament – siehe badische Revolution von 1848/49 – mit in die neue Heimat gebracht.

Kurz davor aufzugeben und mich damit abzufinden, den Rest des Lebens nicht auf der Bühne, sondern allein mit dem Neil-Young-Songbook und der akustischen Gitarre auf dem Sofa verbringen zu müssen, führten mich aber Glück und Vorsehung ins »Fischbüro«.

Im Fischbüro

Es war ein so warmer Spätsommerabend, dass Dimitri kurzerhand die Ikea-Klappstühle und die neuesten Sperrmüllfundstücke vor die Tür stellte.

Das Fischbüro war jetzt schon zwei Jahre alt und war nicht nur eine Ladenwohnung mit zwei Schaufenstern links und rechts der Eingangstür, sondern auch ein eingetragener Verein, dessen Statuten unter anderem besagten, dass man »Konsumenten zu Produzenten« machen wollte. Es gab Vorträge über das Paarungsverhalten beim Stichling, eine Partnervermittlung, Walzertanzkurse, Modenschauen für Herr und Hund, die ersten Housepartys im Luftschutzkeller, Menschen in sprechenden Audiokleidern und regen Barbetrieb.

Jeden Samstag war geöffnet, jeden Donnerstag trafen wir uns zur Krisensitzung.

Oft gab es nur Notprogramme, dann wurde z. B. Robert Lembkes »heiteres Beruferaten« »Was bin ich?« mit seinem »Rateteam« nachgestellt oder es wurde mit Hilfe eines Plastik-Kinderroulettes im Hinterzimmer des Büros eine illegale Spielhölle eröffnet.

Gar zu oft schnallte sich der Klangforscher vom Lausitzer Platz seine seltsamen Gerätschaften um, wanderte damit im Büro umher und erzeugte Stunden andauernde Soundcollagen. Manchmal reichte es nicht mal dazu, das wurden dann leere, kalte Abende des stumpfen Alkoholexzesses.

Das Büro war auf jeden Fall ein schöner Familienersatz und Kreuzberg immer noch das Ende der Welt.

Die verschlafene Köpenicker Straße, die kaum ein Auto befuhr, endete an der Mauer. Verzweifelte Makler versuchten mit Slogans wie »gute Lage im Herzen Kreuzbergs«, ihre seit Jahrzehnten leer stehenden Ladenwohnungen zu vermieten. Nur ab und zu sorgte eine speziell berlinische Freitodvariante, nämlich die Idee junger männlicher lebensmüder Berliner, die geradlinig verlaufende und sehr breite Straße zur starken Beschleunigung auszunutzen, um mit dem tiefergelegten Wagen gegen die bunten Männchen an der Mauer zu prallen, für kurzzeitige Medienpräsenz und Aufregung.

Aber davon abgesehen verstrich die Zeit sehr langsam, und das Westberliner Publikum war für jede Unterhaltung dankbar. Voll die Achtziger, würde man heute sagen.

An diesem Donnerstag wehte ein wehmütiger warmer Wind durch die schlappen Baumkronen der Allee und trug von dort den kitschigen Sommergeruch der Linden durch die ausgestorbene Straße, selten fuhr langsam ein Auto vorbei.

Aus dem Traber 90 an der Ecke gondelte ein Lotterpärchen schwungvoll auf die Straße, singend bewegten sich die beiden in gewagten Schwenks hart an der Gehwegkante entlang, an unserer Krisensitzung vorbei. Friedlich rauschversunken lächelten sie uns jungen Leuten wohlwollend zu.

Nacheinander trafen die Vorstandsmitglieder ein, zuerst der Taxifahrer Udo, dann der Pseudophysiker Karl. Udo kümmerte sich um den theoretischen Überbau des Fischbüros, er hatte sich durch seine Fragebögen und Begriffserfindungen wie F.U.R.Y. (Futuristisches Rückwärtsyoga), L.A.S.S.I.E. (Libertäre Assoziation sämtlicher sexueller Ideen und Erfahrungen) sowie M.A.M.A. (Manisches Agieren mit Allem) einen Namen gemacht und sich durch kleine Lieder wie »Ich bin das Krokodil«, die er, manchmal unterstützt durch eine Handpuppe, improvisierte, in die Herzen vor allem der weiblichen Fischbürobesucher gesungen.

Am P.U.L.T. (Prozessor unglaublich lustiger Tumulte) lasen empfindsame Teenager aus ihren Tagebüchern vor, und eine kaufmännische Angestellte kombinierte gerne frivole Bürolyrik mit Wasserglaskonzerten.

Karl hingegen hatte das ganze Fischbüro eines Samstagabends mit seinem Vortrag über die mathematische Beweisbarkeit von Zeitreisen schwer beeindruckt, wobei gesagt werden muss, dass Physik, Pataphysik sowie Grenzwissenschaftliches allgemein im Fischbüro überbewertet wurden, zumal die kritische Urteilskraft des Vereins durch das Nichtvorhandensein auch nur der rudimentärsten physikalischen Grundkenntnisse etwas geschwächt war. Aber Karl hatte sich im Praktischen nützlich gemacht, defekte Lautsprecherboxen repariert, durchgeknallte Sicherungen im Warmwasserboiler ausgewechselt und somit seinen Ruf als Physiker gefestigt.

Bei ihm in der Görlitzer Straße wohnte auch Mister Bovali, ein vornehm gekleideter älterer Herr aus Ghana, der oft vorbeikam, immer gerne den Boden fegen wollte und manchmal unvermittelt niederkniete, um zu beten. Der Vorstand war nun fast vollzählig.

Hinter der Ladentür kauerte David am Boden und tackerte wie schon seit Wochen Aluminiumplatten fest. Diese spezielle Auslegeware sollte sich später als Fluch erweisen, weil noch Tage nach einer denkwürdigen Blutperformance altes Rinderblut unter den Platten hervorquoll.

Die Sitzung begann. Es ging um die geplante Zeitschrift »Fischecho«, um Senatsgelder, um das leer stehende Fabrikgebäude auf dem Görlitzer Gelände und darum, ob die Gruppe Barking Fish, die immer auftreten und keiner mehr hören wollte, am Samstag im Keller spielen sollte. Wenn ja, waren dann 5 DM Eintritt gerechtfertigt oder nicht? Ich als Kassenwartin musste das leidige Thema »Schnapsschwund« ansprechen. Jede Woche wurde für Hunderte von Mark Alkohol gekauft, der samstags dann zur Finanzierung des Büros ausgeschenkt werden sollte. Aber montags war immer nur ein trauriger Anstandsrest übrig und der Kassenumsatz schockierend gering. Alle tippten innerlich auf D. als Schadensverursacher, aber keiner sagte etwas und er natürlich auch nicht.

Stumm und teilnahmslos kritzelte er seine schwarzen gesichterlosen Figuren mit den spitzen Kappen in sein Notizbuch und schrieb »Was wollen die Phantome?« darüber.

Er galt als einsam-schwieriges Künstlergenie, dessen Bilder man bewunderte. Er genoss großes Ansehen und damit Immunität, und so wurde das Haushaltsdefizit jede Woche aufs Neue wie eine Naturkatastrophe hingenommen.

Karl und Dimitri stritten sich derweil um die Timothy-Leary-Bänder, denn der große Drogenphilosoph war in Berlin gewesen, Agenten hatten ihn ins Fischbüro geschleust und dort ein Gespräch aufgezeichnet.

Jetzt ging es um die Verwertungsrechte. Karl wollte achthundert Mark für die Bänder, dann fuchtelte er mit einem Hundertmarkschein herum, den er plötzlich in wütender Großzügigkeit dem Fischbüro spenden wollte. Dimitri versuchte abzulenken und ging rasch zum Tagesordnungspunkt »nicht funktionierender Putzdienst« über.

Da kam eine aufgelöste ältere Frau mit zerzauster Dauerwelle aus der Pfuelstraße auf das Fischbüro zu. Ihr gemütliches Körpergebirge war durch mehrere übereinandergetragene Schürzen verschnürt, die Beine steckten in

Gummistrümpfen und fußten in einst weißen, nun dreckgefärbten Gesundheitsschuhen, einem billigen Birkenstocknachbau.

An ihrem Handgelenk hing eine große und offenbar schwere blauweiße Aldi-Plastiktüte. Heulend blieb sie vor uns stehen, zog die Rotze hoch, schluckte, beruhigte sich ein bisschen, schnäuzte sich, holte Luft, schniefte nochmal kurz und fragte dann mit zwar weinerlicher, doch auch fester Stimme: »Habt ihr einen Spaten für mich?«

»Wir haben nur Becks«, riefen zwei Fischbüroler diensteifrig, »wollen Sie eins?« (als erfahrene Gastronomen hatten sie mit »Spaten« natürlich eine Pilssorte assoziiert).

Darauf brach die Frau in haltloses Weinen und Schluchzen aus, hob einer griechischen Tragödienfigur gleich anklagend die große Plastiktüte hoch, und von einem Heulkrampf geschüttelt rief sie aus:

»Ich kann ihn doch nach all den Jahren nicht in die Mülltonne werfen.«

Das Fischbüro erstarrte in entsetzt ratlosem Schweigen. Nach einigen Schrecksekunden wagte ich einen vorsichtigen Blick in die Tüte: Jäh ragten mir vier steife, schwarzbehaarte Katzenbeine entgegen, der dazugehörige Körper schien sehr groß zu sein, denn er füllte die unteren zwei Drittel der Tüte prall aus. Ekel vor dem Tütenkadaver, peinliches Lachen und Erkennen der dramatischen Situation mischten sich. Man machte sich auf die Suche nach einem Grabegerät, holte der Frau einen Klappstuhl aus dem Büro und bot ihr auf den Schreck einen Schnaps an.

Bei diesem Angebot hellte sich ihr Gesicht erstaunlich schnell auf, dankbar trank sie routiniert mehrere weiße Tequilas auf ex und schien den tragischen Katzentod fast vergessen zu haben, bis jemand mit einer Schaufel durch die Bürotür kam.

Da war es mit ihrer Fassung aus. Sie stand mühsam auf und schleppte sich gramgebeugt mit Tüte und Schaufel zum Hinterhof des Hauses. In ihrer Abwesenheit besprach man das Ereignis, und als sie ernst und gefasst zurückkam, nach mehr Schnaps verlangte, sitzen blieb und sich wie selbstverständlich in die Krisensitzung integrierte, nahm sich besonders Karl ihrer an.

Zuerst bot er ihr die strittigen hundert Mark für einmal Büroputzen an, Minuten später hatte er sie schon eigenmächtig als Putzfrau eingestellt. Aber bevor Vorstand samt Kassenwartin protestieren konnten, hatte sich das Blatt schon wieder gewendet:

»Du geldgierige Sau«, schrie Karl plötzlich sehr unchevaleresk: »Hau bloß ab.«

Merkwürdig unberührt faltete die Frau die nun leere Plastiktüte zusammen und steckte sie in ihre Schürzentasche. Sie nahm noch eine halb leere Schachtel Zigaretten an sich, trank im Stehen einen letzten Schnaps und verschwand schlurfend wieder um die Ecke in die Pfuelstraße.

In den Wochen darauf kam sie noch einige Male vorbei, dann verlor man sich aus den Augen.

Das Fischbüro konzentrierte sich dann auf seinen kommerziellen Ableger, das »Fischlabor« in Schöneberg, und gab das Ladenlokal in der Köpenicker Straße schließlich auf. Dort zog später ein Schlecker-Markt ein.

Fast alle aus dem Fischbüro wurden berühmt, gründeten Plattenfirmen, Technoclubs, Comicverlage oder Bands, wurden Kulturredakteure und Redenschreiber. Von Karl hörte man nichts mehr, seine Wohnung in der Görlitzer Straße brannte eines Tages vollkommen aus. Mister Bovali hingegen ist erst Pfarrer geworden und hat dann aus der Not der Wohnungslosigkeit heraus Telefon-Reiki erfunden und in Kreuzberg eingeführt.

Die lebende Musikbox

Im Fischbüro hatte ich Almut getroffen, sie war auch im »inner circle«, wie Dimitri den Vorstand nannte, und hatte in ihrer Jugend auf endlosen Fahrten durch den Schwarzwald die gleichen Songs wie ich gesungen. Wir sangen auch beim Autofahren in Berlin zusammen, und das brachte uns auf eine Idee.

Die Rollenverteilung im Fischbüro hatte uns schließlich schon von Anfang an schwer gewurmt.

Alle Jungs machten Musik oder sonst was und nahmen »Demos« auf: die Jäger, die Space Cowboys, Temple of Fortune, No Zen, sogar Barking Fish! Wir beobachteten das und kamen endlich zu dem Punkt: »Ach Menno, wir wollen auch mal ein Demotape haben und auftreten und nicht immer nur für Einkauf und Organisation zuständig sein.« Und so wie es manchmal für große Vorhaben nur eine große Entschlossenheit und den Zufall braucht, kamen wir auch bald zu unserem ersten Auftritt.

Wieder einmal stand am Samstagnachmittag noch kein Programm für den Abend fest. Als wir uns am frühen Abend zum Tresen- und Putzdienst in der Köpenicker Straße trafen, kam uns die schöne Berliner Sitte, nicht mehr benötigte Möbelstücke einfach auf die Straße zu stellen, zu Hilfe. Dimitri, ein früher Verfechter der Bricolage-Kulturtechnik, hatte schon Tage zuvor einen gut erhaltenen Kasperletheater-Rahmen gefunden und ins Fischbüro geschleppt. Eine herrenlose Bügelmaschine aus der Pfuelstraße und unsere latente Singsucht kamen dazu, und schon war die Idee der lebenden Musikbox geboren.

Die Bügelmaschine integrierten wir mit einfachen Mitteln – Pappe, Schnur und alter Vorhang – in den Kasperletheater-Rahmen. Da die Mechanik der Bügelmaschine noch funktionierte, schnitzten wir einen groben Schlitz in den Holzrahmen, sodass nach dem Geldeinwurf die Walze von innen manuell in Bewegung gesetzt werden konnte. Um die Walze herum wanden wir ein Stück Papier, darauf war mit Edding die Songauswahl, etwa dreißig Stücke, aufgelistet.

Abends dann saßen wir Interpretinnen geduckt mit Kindercasio, kleinem Verstärker und Mikro in der Box und warteten auf die ersten Hörerwünsche. Das Konzept ging sehr gut auf, es wurde so viel gewünscht, dass die Walze nicht still stand, was für uns als Singsüchtige gar kein Problem war. Vor allem »Ein Schiff wird kommen«, ein Fünfziger-Jahre-Schlager, war der Renner des Abends. Aber das dünne Blatt Papier mit den Songtiteln erhitzte sich mit der Zeit und roch bald verschmort, und da Almut und mich nicht nur unsere Singsucht, sondern auch eine irrationale Angst vor elektrischem Strom verband, ging der erste Auftritt unter Todesängsten zu Ende, brachte aber bereits den Durchbruch.

Bald trafen wir bei einer Party auf den ebenfalls singsüchtigen Funny van Dannen, der zudem noch Dutzende eigene Stücke auf Lager hatte, und bald war die Band komplett. Die Gruppe No Zen, ebenfalls aus dem »inner circle« des Fischbüros, schleuste uns heimlich als Vorband beim Senatsrockwettbewerb 1988 ein. Für unsere Band, die Lassie Singers, war der Auftritt im alten Quartier Latin ein großer Erfolg, aber No Zen wurden leider disqualifiziert, weil sie die vom Rockbeauftragten Berlins festgelegten Spielregeln missachtet hatten. Man durfte schließlich als einer von zehn Teilnehmern keine Vorband mitbringen! Es folgten weitere Auftritte und der kaum auszuhaltende euphorische Moment: Das erste eigene Konzert!

Wir spielten auf Schiffen, auf Hochzeiten, auf Partys, in kleinen Bars. Funny verließ uns, wir waren am Boden zerstört, fanden aber kurz darauf einen neuen Gitarristen. Schrieben von nun an eigene Stücke, indem wir einfach unsere gemeinsamen Erlebnisse und Ansichten vertonten: »Mein Freund hat mit mir Schluss gemacht«, »Chartbreaker« und »Die Pärchenlüge«. Die Leute fragten nach Tapes, nach Platten, und was noch vor einem halben Jahr reinste Hybris gewesen wäre, wurde schicke Selbstverständlichkeit: Wir machen eine Platte.

Es gibt Momente des Glücks und Größenwahns, die erste CD in den Händen, der erste Artikel in einer Musikzeitschrift, das erste Mal der eigene Song im Radio, das erste Mal eine hundert Meter lange Schlange vor dem Club, in dem man abends spielt, die elektrisierenden Sekunden des ersten Ruhms, die leuchtenden Augen: Jetzt gehts los mit uns. Ein seltsam sicheres Gefühl, das sich dann aber doch nie so richtig bestätigte.

Eine Woche nach solch einem Triumph, nachdem die Oranienstraße abgesperrt werden musste, weil so viele Leute ins SO 36 zu uns wollten, konnte es leicht passieren, dass man nach einer zehnstündigen, entbehrungsreichen Autofahrt in einer menschenleeren Gegend irgendwo hinter Heide in Norddeutschland ankam.

Der Club, eine Rinderauktionshalle, um die gelangweilte Jugendliche mit ihren Mofas immer enger und dann wieder größer werdende, knatternde Kreise ziehen. Der Einzelgänger unter ihnen baut in seine Mopedchoreographie einen lang gezogenen Schlenker zum nahe gelegenen Sportplatz ein. Keiner scheint hier auf uns zu warten, keiner weiß, dass wir hier spielen sollen.

Während des anderthalbstündigen Konzerts stehen drei Kellnerinnen gelangweilt mit über der Bauchgeldtasche gefalteten Händen am Büfett.

Der letzte Ton des bereits innerlich unter der Kategorie »strange Konzert an skurrilem Ort« abgehakten Abends ist noch am Verklingen, die leere Kasse neben dem Eingang wird weggetragen, da geht die Tür auf, und es brechen ungefähr tausend Jugendliche herein: Disco! Das bekannte Gitarrenriff »Smells like Teen Spirit« – es war der Nirvana Sommer – dröhnt durch die Halle. Die innerhalb von einer Sekunde entfesselte Dorfjugend wirft sich sofort luftgitarrespielend auf den Rücken, wälzt sich auf dem Dielenboden der Rinderauktionshalle, die Temperatur steigt um 60 Grad an, manche spielen sogar Luftkeyboard. In solchen Momenten ist es schön, kein Solokünstler zu sein, sondern die Band um sich zu haben.

Die Jahre vergehen, die Musik und das In-einer-Band-Sein ergeben eine andere Zeiteinteilung.

1992 ist nicht mehr das Jahr eines menschlichen Beziehungsfehlgriffs oder eines verhunzten Urlaubs, sondern das Jahr, in dem die zweite CD rauskam.

Die eigene Biographie wird nach Veröffentlichungen, den »VÖs« geordnet. In VÖ-losen Jahren gibt es Löcher, die man rückblickend versucht durch persönliche Erlebnisse zu füllen.

Manchmal gibt es so viel zu tun: Job, Studium, Kind, Proben, Aufnehmen, Proben, Linernotes schreiben, Booklet machen, Fotos machen, Cover machen, Video machen, Interviewreise, Tour.

Und dann gibt es Zeiten, in denen überhaupt nichts los ist. Tage, an denen man vierzehn Stunden lang antriebsschwach im Bett liegt und überlegt: Ich könnte aufstehen, rausgehen und mir eine Zeitung kaufen oder Kaffeetrinken. Oder einfach liegen bleiben.

Leben im Liegen

Man wird so schnell müde in der Stadt, von den alten ausgetretenen Wegen, die man immer wieder ablaufen muss, die von den eigenen Fußstapfen schon ganz ausgelatscht sind, von den vielen Wohnungen im vierten Stock, den vielen verrückten, fertigen Leuten, die man auf der Straße sieht und in der U-Bahn, dem barschen Ton, der in der Stadt herrscht, den hoffnungslosen Gestalten, dem Gestank und dem Dreck. Manchmal ist man so angeschlagen, dass man wegen einer unfreundlichen Karstadt-Verkäuferin in Tränen ausbrechen könnte, und umgekehrt ist man plötzlich zu Tränen gerührt, wenn bei einer unerwarteten Begegnung auf der Straße ein menschliches Gefühl beim Gegenüber sichtbar wird, wenn einen jemand plötzlich von der abwärts fahrenden Rolltreppe aus anlächelt oder nur mit einer netten Geste ein heruntergefallenes Stück Papier aufhebt.

Wenn man vom Dorf kommt und es nicht gewohnt

ist, gleicht der Aufenthalt in einer größeren Stadt einem ständigen Bewusstseinsschock. Die Menschen in Berlin schienen alle unter einer großen nervlichen Anspannung zu leiden, das führte zu einer Reserviertheit im Umgang miteinander, die ich bisher so nicht gekannt hatte. Auch wenn es im Dorf und in der Kleinstadt zwar unerträglich langweilig war, so kannte man doch fast alle, die einem so begegneten, und hatte ein halbwegs positives Verhältnis zu ihnen. In Berlin aber war man von selbstherrlichen Existenzen umgeben, sogar die Kinder waren schon blasiert. Fremde Leute, irgendwelche Passanten schienen so unter Spannung zu stehen, dass ein falsches Wort, ein zu direkter Blick, zu Zornausbrüchen, Schreiereien, Tätlichkeiten führen konnte.

So fühlte ich mich als Neuankömmling zunehmend verwundbar in der neuen Umgebung, in Phasen extremer Dünnhäutigkeit konnte ich draußen gar nicht mehr unterwegs sein, da war ich zu Hause auf dem Sofa oder gleich im Bett besser aufgehoben.

Dort versetzte ich mich in eine urtierhafte Faulheit, lagerte pathologisch willensschwach vor mich hin, von früh bis spät, über Nacht und wieder den ganzen Tag, bis die Knochen wehtaten.

Eine kraftlose Willensanstrengung brachte höchstens einmal die Frage auf: Ist das wieder so 'ne Phase, oder bleibt das jetzt für immer so?

Heute wundert es mich nicht mehr, dass ich damals so sehr müde war. Wer als junge alleinerziehende Mutter

Nachtleben, Studium, Band und Nebenjobs zusammenkriegen will, muss halt auf Schlaf verzichten, und so vergingen diese ersten Berliner Jahre in einer Dauermüdigkeit, die aber seltsamerweise nachts, wenn es ans Ausgehen ging, schlagartig verschwand.

Aber eigentlich war ich schon als Kind immer sehr müde gewesen und hatte, wie wahrscheinlich alle müden Kinder, täglich davon geträumt, mit meinem Bett zur Schule fahren zu können. Dort konnte ja meinetwegen der Unterricht abgehalten werden, aber jeder blieb schön im Bett liegen, nur die Lehrerin stand vorne an der Tafel und ging manchmal freundlich nickend durch die Bettreihen. Im Liegen unterhielt man sich ganz entspannt über den Unterrichtsstoff, las, schrieb und rechnete ein bisschen. Dann, im Erwachsenenalter, war mir, wie meinem Vorbild, der berühmten russischen Romanfigur Oblomow, das Liegen immer mehr zum natürlichsten und liebsten Zustand geworden. Gerne hätte ich wie Oblomow ganze Wochen im Bett verbracht, im Liegen Freunde empfangen und sie mit einem »Nicht zu nahe, mein Freund, Sie kommen aus der Kälte« gleichzeitig auf Distanz gehalten.

Und warum auch nicht? Lebt nicht die ganze Psychoanalyse davon, dass man nur im Liegen denken kann?

Wer hat denn die Idee aufgebracht, es wäre besser, stocksteif auf einem Stuhl zu sitzen, wo man sich doch so viel besser auf einer Couch, einem Sofa, einem Diwan oder einer Chaiselongue oder sonst einem Lotterbett ausstrecken kann?

Natürlich hat das Liegen ein schlechtes Image, der tätige Mensch sitzt, steht oder geht. Selbst der Künstler arbeitet wahnhaft am Werk, am Computer oder Schreibtisch. Von wegen!

Denn in Wirklichkeit braucht es für gute Einfälle ganz dringend die Langeweile und das Liegen, und die Glücksfälle des Lebens, die Momente, in denen einem die Ideen und Lieder so zufliegen, die würde es ja gar nicht geben, wenn man diese orientalische Lebensweise aufgeben würde. Im Stehen, im Sitzen kommt kein Lied angeflogen, und selbst wenn, würde man es nicht bemerken.

Erst durch ausdauerndes Liegen erreicht man den Zustand der transzendentalen Langeweile, die den Kopf frei macht für neue Einfälle. Schläft ein Lied in allen Dingen / die da träumen fort und fort / und die Welt hebt an zu singen / triffst du nur das Zauberwort, schreibt Eichendorff. So muss man unter Umständen sehr lange auf dem Sofa liegen, Fernsehserien anschauen, telefonieren, an die Decke starren, die Katze beim Schlafen beobachten, langweilige Gespräche führen, bis sich wieder mal ein solches Lied einfindet.

ex&pop

Abgesehen von der Dauermüdigkeit und dem starken Wunsch, einfach liegen zu bleiben, hatte ich gleichzeitig ein übergroßes Bedürfnis nach Ausgehen, Musikhören, Trinken, Leute treffen.

»Leben in der Bar, schlafen kann ich, wenn ich tot bin«, war unser Motto, frei nach Rainer Werner Fassbinder.

Das ex&pop in Schöneberg übte dabei über Jahre eine solche Faszination auf mich und meine Ausgehclique aus, dass wir zu allen Unzeiten, bei Stürmen und Schneekatastrophen, und mit allen Mitteln, per Anhalter, mit erschlichenen Bus-Kurzstrecken, mit Taxi, Fahrrad oder den Todesfahrten unseres existenzialistischen Bekannten Scardanelli, mehrmals die Woche in die Schöneberger Mansteinstraße kamen.

Was war das Besondere daran? Es war dunkel und geräumig, man konnte Getränke kaufen, und es lief Musik. Und trotzdem war es manchmal so aufregend, wenn alle da waren, und man wusste gar nicht, mit wem man zuerst reden sollte – »Mikrokosmos, hallo!«, dachte man, wenn man zur Tür hereinkam.

Manchmal, wenn ihm langweilig wurde, drehte der Dichter und Barmann Harry Hass die Musik leiser und brüllte: »Kakerlaken! Blindschleichen! Kanaillen! Was ist los, wollt ihr nichts trinken?«

Dabei ging es nicht um Gewinnmaximierung durch Alkoholverkauf – Wodka wurde grundsätzlich in Apfelsaftmengen ausgeschenkt. Den Gästen wiederum ging es auch nicht darum, mit irgendwelchen berühmten Musikern rumzuhängen, denn alle waren doch selbst Musiker, mehr oder weniger berühmt und auf jeden Fall auch irgendwie underground.

Als später die Erlebnisgastronomie und die Love Parade in Berlin eingeführt wurden, als Menschen anfingen, ihre ekelhafte Lebensfreude auf Partys zu zelebrieren, blieb das ex&pop eine Oase. Nirgendwo sonst konnte man so schlecht gelaunt hingehen.

Wenn Frauen über 25 allein an der Bar sitzen, müssen sie ja immer total agil wirken und zu jedem Deppen freundlich sein, damit nicht der Eindruck entsteht, sie seien verbittert und unfreiwillig allein. Nicht so im ex&pop.

In den Achtzigern gehörte die gepflegte Depression noch zum guten Ton, und das Melancholieverbot der Neunziger wurde in der Mansteinstraße vollkommen ignoriert. Trotz aller Sinnesfreuden und Ausschweifungen war dies nämlich auch ein Treffpunkt der anonymen

Melancholiker und Desillusionisten, die sich hier unter dem Motto »tristesse oblige« versammelten. Menschen, die den Zauber des ex&pop nie verstanden haben, nannten es deshalb einen Depri-Laden.

Dafür durften sie auch die großen Glücksmomente nicht erleben: das Aufgehobensein in der Gemeinschaft der Gläubigen, die rauschenden Partys und wichtigen Gespräche zwischen Klo, Kicker und Drogenraum, das sinnlose Ausharren in der Nacht und das Gemeinsam-ratlos-im-Morgengrauen-Stehen-und-Frieren.

Die Frau mit der Tasche

An einem der ersten Frühlingsabende, einem jener Abende, an denen einer sagt: »Ich glaube, es wird jetzt doch Frühling«, ging ich mit ein paar Freunden über den Mariannenplatz. Auf dem plattgewalzten Rasen zeigte sich spärliches Grün, ein paar Jungs spielten in der hereinbrechenden Dämmerung Fußball, ein Rudel Hunde tobte im Kreis hinterher. Wir waren guter Stimmung, kamen aus dem Proberaum und wollten was trinken gehen.

In jugendlich zwangloser Fünfergruppierung schlenderten wir über den Platz in die Adalbertstraße und warfen uns gut gelaunte Sätze zu. Ich stolperte über einen offenen Schnürsenkel und ging in die Hocke, um ihn zu binden. Als ich wieder aufblickte, sah ich ein Paar ausgetretene Kunstlederschuhe, in denen zwei dicke Füße mit nach oben immer breiter werdenden baumstumpfartigen Beinen steckten, vor mir.

Da stand eine ältere dicke Frau in einer verblasst gemusterten Kittelschürze, darüber eine ausgeleierte dreiviertellange Jacke undefinierbarer Farbe und sprach mit jammerig-fordernder Stimme:

»Kannst du meine Tasche tragen? Sie ist mir zu schwer, nur bis da vorne.« Dazu streckte sie ihren massigen Arm Richtung Kreuzung.

Die Frau hatte eigentlich ein gutmütiges verschwitztes Gesicht, gleichzeitig ging etwas Bedrohliches von ihr aus. Die anderen waren stehen geblieben, lachten heimlich und beobachteten meine Reaktion. Ich nickte betreten und nahm die Tasche, die aus rechteckigen fettverschmierten Lederstücken patchworkartig zusammengesetzt war und so lange Henkel hatte, dass sie mir beim Laufen in Kniehöhe ans Bein schlug.

Am Anfang war die Tasche gar nicht so schwer, und ich dachte, die hätte sie ruhig allein tragen können. Die Bekannten liefen immer weiter vorneweg und ich wollte aufholen, aber die Frau wankte unter ihrem Gewicht ächzend hinterher und rief wehleidig: »Warte, ich kann nicht so schnell mit meinen Beinen!«

Es wurde langsam richtig dunkel, ein kühler, überhaupt nicht frühlingshafter Wind kam auf, die Stimmung war umgeschlagen. Meine Freunde feixten hämisch und machten sich über mich lustig. Die Tasche wurde schwerer und schwerer und das Schlagen gegen das Knie immer unangenehmer. »Wir gehen schon mal ins Dorti, du brauchst ja noch länger!«, riefen die Freunde und stoben übermütig und hämisch winkend davon. Jetzt war ich mit der Frau allein, die schwere Tasche zog meinen Arm nach unten. Die Straßenlaternen gingen an, die Geschäfte waren schon geschlossen, und nur noch wenige Passanten kamen uns entgegen, in deren Gesichtern ich eine mitleidige Bestürzung zu lesen glaubte.

Ich gehe noch bis zur nächsten Kreuzung, sagte ich mir, dann stell ich die Tasche einfach hin und sag, ich muss weiter.

Die nächsten ewigen Meter bereitete ich mich innerlich auf den Ausbruchsversuch vor, und als ich die Kreuzung erreicht hatte, schlug ich einen lauten, munteren Ton an: »So, den Rest schaffen Sie ja allein.« Meine Stimme zitterte dabei, und feige schlug ich die Augen zu Boden.

Die Frau meinte sehr bestimmt, es wäre nicht mehr weit, und blickte mich dabei so durchdringend an, dass mein Gesicht ganz heiß wurde. Folgsam hob ich die Tasche wieder hoch und folgte ihr von der belebten Adalbertstraße aus in den damals völlig ausgestorbenen, weil durch die Mauer begrenzten Bethaniendamm.

Auf dem engen Weg an der Mauer entlang lief sie dichter hinter mir, ich konnte ihr Schnaufen hören, es wurde zu einem gewaltigen Sausen in meinem Ohr. Mein heißes Gesicht schwoll immer mehr an und die inzwischen zentnerschwere Tasche zog mich zu Boden. Was hat die bloß da drin?, fragte ich mich, Wackersteine wahrscheinlich, aus Bosheit, um Leute wie mich zu quälen, aber in der Tasche selbst bewegte sich nichts, eine kompakte Masse schien schwer darin zu ruhen. Grässliche Sachen fielen mir ein, Zwerg Nase am Marktstand seiner Eltern, und die alte Hexe verwandelt seine Kohlköpfe in Menschenköpfe, ein Grauen erfasste mich. Ich beruhigte mich damit, die logische Schlussfolgerung zu ziehen, dass Menschenköpfe ja in der Tasche herumpoltern würden. Ich versuchte an etwas Heiteres zu denken, an einen Film, an die Kneipe, in der die anderen jetzt schon saßen, aber alles, was ich denken wollte, schien zu einem anderen Leben zu gehören, in das ich nicht mehr reinkam.

Quatsch, sagte ich mir, heute ist Dienstag, wir haben geprobt, und du hast dieser Frau nur ein Stück die Tasche getragen. Sie ist ein bisschen komisch, vielleicht Pennerin oder Alkoholikerin, alles ganz normal, gleich stellst du die Tasche ab und kehrst um, und alles ist so wie vorher, du kannst immer noch machen, was du willst – aber ich lief immer weiter.

Als ich nach einer qualvollen Weile wieder zu fragen wagte, wie weit es noch wäre, antwortete die Frau, deren Gang jetzt etwas Pflügend-Majestätisches hatte, nur noch mit einem zornigen Blick, der mich verstummen ließ.

Die Stelle an meinem Knie, an die die Tasche bei jedem Schritt schlug, brannte und fühlte sich wund nach außen gestülpt an, und nur, indem ich meine ganze Kraft auf die Hand, die den Henkel umklammerte, konzentrierte, konnte ich die Tasche und meinen Gang einigermaßen koordinieren. Ich fühlte mich immer kränker und verzweifelter und nahm erneut inneren Anlauf umzukehren, aber es ging nicht.

Das gibt's doch nicht, dachte ich, was ist denn mit mir los, hab ich Fieber oder was? Das Märchen von dem jungen Mann, den am Waldesrand ein altes Weib bittet, einen Korb mit trockenem Laub zu tragen, fiel mir ein. Er hat Mitleid und hilft, aber der Korb auf seinem Rücken wird schwerer und schwerer. Während er sich abschleppt, wird ihm immer seltsamer und schwindliger, bis er fast zusammenbricht. Da springt die Alte noch auf den Korb und treibt ihn feixend mit einem Stöckchen, das sie über seinem Kopf schwingt, an.

Du musst etwas Normales denken, sagte ich mir, es ist April 1989 in Kreuzberg, und du bildest dir das alles ein. Irgendwann musste ich anhalten und die Tasche absetzen, es war stockdunkel hier zwischen den hohen leer stehenden Häusern und der Mauer. Ich sah den Weg nicht mehr, fiel in Lethargie und Schicksalsergebenheit, stolperte und strauchelte wieder weiter vor mich hin, dachte sehnsüchtig an mein leichtes Leben vor der Tasche.

Nach einer Ewigkeit erreichten wir ein Gebäude direkt an der Mauer, das ich nie zuvor gesehen hatte: Ein hässlicher zweistöckiger Betonbau mit feuerleiterartigen Außentreppen, die zu Türen führten. Die Frau ging die Treppe hoch, ich stellte, innerlich gebrochen, die Tasche auf der ersten Stufe ab.

»Komm noch mit rein«, sagte sie und winkte mich mit ihrer fetten Hand heran. Eine heiße Angst kroch in mir hoch, ich stand wie gelähmt da und konnte nicht widersprechen, nur Gedanken wie: Wenn du da erst mal drin bist, kommst du so schnell nicht mehr raus, pochten schmerzhaft hinter meiner Stirn, und mit Schrecken beobachtete ich, wie ein unglaublicher Gehorsam meinen Fuß dazu brachte, die erste Stufe zu nehmen.

Die Frau grinste. Da wurde mir so gruselig, dass ich den Mut fand, während es in meinem Kopf laut zirkulierte, auszurufen: »Nein, ich muss jetzt wirklich gehen!« Ich drehte mich um und flüchtete ins Dunkel des Mauerwegs. Als ich mich außerhalb ihrer Sicht wähnte, rannte ich los und war bald in der Dorti Bar, wo die anderen zufrieden vor ihren Getränken saßen, als sei nichts geschehen.

Einige Tage später lief ich den Weg noch einmal ab, normalen Schrittes brauchte man dafür eine Viertelstunde. Ich fand das Gebäude, es war das Obdachlosenheim der St.-Michael-Gemeinde, die Frau mit der Tasche habe ich nie mehr gesehen.

Kommunion und Pisstunnel

Der Dorfmensch in Berlin lebt eigentlich immer im Stadt-Land-Gegensatz, und wenn er den Kontakt zur alten Heimat hält, holt sie ihn auch in Berlin immer wieder ein. Und so wurde auch die katholische Erziehung der nächsten Generation im gottlosen Kreuzberg durch den Einfluss der badischen Großeltern aufrechterhalten. Es kam die Frage auf, wo die erste heilige Kommunion des Enkelkinds gefeiert werden sollte. Eine solche Fragestellung passte eigentlich gar nicht in mein Leben, und die anderen Kinder im Kinderladen waren zum Großteil noch nicht einmal getauft, aber den Großeltern war es halt wichtig, und ich dachte ganz pragmatisch: Es wird schon nichts schaden.

Aber wo sollte die Erstkommunion stattfinden, in Hügelsheim oder in Berlin, und wie sollte man die Sache mit dem Kommunionsunterricht lösen?

Schließlich war eine katholische Gemeinde in Kreuzberg gefunden.

Die Heilig-Kreuz-Kirche in der Wrangelstraße, mit ihrem mittelalterlich anmutenden Klostergang im Innenhof, war ein Fremdkörper in der sonst recht verelendeten Gegend. Denn in der Wrangelstraße saßen die fröhlichen und depressiven Alkoholiker auf aufgeplatzten Couchgarnituren, Stressjugendliche mit und ohne Migrationshintergrund wickelten dort ihre zweifelhaften Geschäfte ab, die meisten Läden standen leer, und die Gehwege lagen voll mit Abfall, zertrümmerten Fernsehern und Hundescheiße. Kaum etwas Normales, Funktionierendes gab es in dieser Straße, noch nicht einmal die heute so genannten »Szenebars« oder Cafés oder Copy- und Handyläden. Jeder, der etwas verdienen oder erreichen wollte, sah zu, dass er da wegkam, aber die Kirche mit den kleinen indischen Schwestern vom Orden der Mutter Theresa hielt die Stellung.

Für mich als kritisch-passive Kulturkatholikin war diese Kirche noch einigermaßen o. k., weil sich die Pfarrer für die Obdachlosen engagierten und im Klostergang jeden Mittag, trotz Protesten der Anwohner, Essen ausgegeben wurde. Die Kommuniongruppe war gemischt, da waren Kinder aus Polen und christliche Tamilen und sogar zwei echte Berliner Prollkinder.

Schließlich kam der Tag der ersten heiligen Kommunion, und die angereisten Verwandten staunten nicht schlecht, wie es in der Kirche in Kreuzberg zuging: Während sich die polnischen und tamilischen Kinder vorbildlich und andächtig verhielten, schlappte die siebzehnjährige Urberliner Erstkommunikantin kokett in einem Brautkleid auf High Heels daher, die Eltern hingen windschief in den Kirchenbänken, quatschten die ganze Zeit während der heiligen Messe, hielten, als wären sie im Kino, große Chipstüten und Colabecher in den Händen und stellten die jüngeren, lärmenden Geschwister damit ruhig.

Bei meiner ersten heiligen Kommunion war es fast zu einem Skandal gekommen, als wir zukünftigen Erstkommunikanten beim Beichtunterricht, zwei Wochen vor dem großen Tag, aus Langeweile den feierlichen Gang zur Kommunion in Zweieraufstellung übten. Einer gab den Pfarrer und legte den anderen Kindern mit weit ausholenden, weihevollen Bewegungen die imaginären Hostien auf die Zunge. So vertrieben wir uns die Zeit. Da kein weiterer Erstlingsbeichter in den Beichtstuhl kam, trat der Pfarrer irgendwann heraus und beobachtete das frevelhafte Tun. Nach einem ganz weltlichen Tobsuchtsanfall inmitten der heiligen Stätte drohte er, dem ganzen Jahrgang die erste Kommunion zu verweigern, und schickte alle nach Hause.

Als katholischer Pfarrer in Kreuzberg muss man um einiges härter gesotten sein. Als bei einer Abendandacht in der Wrangelstraße plötzlich die schwere Kirchentür aufgestoßen wurde und zwei stark angetrunkene Punks hereinstürmten, randalieren wollten und schließlich vom Pfarrer lautstark provozierend die Segnung ihrer Hunde verlangten, reagierte der freundliche Pfarrer ganz gelassen, trat in den Mittelgang und besprengte die unschuldigen Tiere mit Weihwasser, die, wie er sagte, ja auch Geschöpfe Gottes waren.

Auch die Punks wurden durch die Hundesegnung ganz sanft und ruhig und ließen sich schließlich andächtig und schwer vom Alkoholmissbrauch in die Kirchenbänke sinken, sodass die Abendandacht ungestört zu Ende gefeiert werden konnte.

Schön am Katholizismus ist ja auch, dass sein freundlicher Fanatismus manchmal so irrwitzige Blüten treibt. So führte der gutmütige Pfarrer am Martinstag seine Schar Kommunionsschüler bis zu fünfmal hintereinander durch den berühmten Pisstunnel unterm Görlitzer Bahnhof, weil die Martinslieder dort so schön laut von den gekachelten Wänden zurückhallten.

Die vier Jahreszeiten in Berlin

Es ist nicht leicht in Berlin, und das Leben hier fordert den ganzen Menschen. Das Jahr geht vom Winterschlaf in die Frühjahrsmüdigkeit, von der Frühjahrsmüdigkeit ins Sommerloch, vom Sommerloch in die Herbstdepression und dann direkt in den Winterschlaf über – und zwischendurch gibt's Momente, die sind gut.

Dem Frühling dämmert man auf dem Sofa entgegen, ruht meditierend im Sessel oder starrt vom Schreibtisch aus auf die Straße. Februar, März, April vergehen zäh, erst im Mai kommt eine trügerische Hoffnung auf.

Der Mai wurde, jahreszeitlich betrachtet, eigentlich schon immer überbewertet. Der Wonne-, Liebes- und Frühlingsmonat ist zwar der, in dem in der Natur das stärkste Wachstum stattfindet, aber ist das Grund genug für die ganzen albernen Maibräuche, die doch nur den sinnlosen Zwecken des Winteraustreibens und der Partnervermittlung dienen?

In der katholischen Kirche ist der Mai ein Marienmonat, da werden Maiandachten zu Ehren der heiligen Gottesmutter abgehalten. Der 1. Mai wiederum ist der Schutztag Josefs des Arbeiters.

In Berlin ist alles anders: Da feiert man seit 1987 den revolutionären Ersten Mai. Mai-Veteraninnen erinnern sich auch heute noch gerne an die 750-Jahr-Feier der Stadt und das Straßenfest am Lausitzer Platz, als man später am Abend auf dem Hügel vor dem neuen Spreewaldbad die Tränengaskartuschen zurückschleuderte, während gegenüber in der Hauptstadt der DDR ein Freudenfeuerwerk gezündet wurde.

Nachts tauschten hocherfreute Rentner mit Gelegenheitsautonomen Schnaps gegen Kaffee, eine große Euphorie herrschte unter den Menschen, ein seliges Nehmen und Geben. Andere klopften schon manisch mit irgendwelchen Gegenständen an die Hochbahn. Im Bollemarkt schritt man kniehoch durch einen Matsch von zertrampelten Waren, glitt auf Erbsen in Tomatenmark aus und nahm dann pflichtschuldig das Wenige, was noch zu plündern war, mit: mehrere Apfelkornfläschchen an der Kasse zu 1 Mark 20 das Stück! Ja, auch da war schon eine kleine Enttäuschung mit dabei, und enttäuschend verliefen seither fast alle revolutionären Erste-Mai-Feiern.

Der Bollemarkt brannte in der gleichen Nacht noch bis auf die Grundmauern nieder. Schuld daran war aber, wie man heute weiß, ein zufällig des Weges kommender Pyromane.

Das immer wieder schöne Bild der vielen roten Fahnen am Heinrichplatz in Kreuzberg konnte auch in den späteren Jahren nicht darüber hinwegtäuschen, dass versteinerte Rituale diesen Tag belasteten und eine Verrohung der Sitten stattfand.

Der alte Maibrauch, zur Vertreibung des Winters brennende Strohräder von Bergen herabzurollen, wurde in Kreuzberg Jahr um Jahr als Kleinwagenabbrennen in die Moderne übersetzt. Es sollten auf der Autonomenschule Sonderkurse für unpolitisch-erlebnisorientierte Jugendliche angeboten werden, in denen die Grundregeln des Straßenkampfs in leicht verständlicher Form unterrichtet werden. Kleine Merksätze wie »Es sagt das Zündel-ABC: nur Mercedes, Porsche, BMW« und Benimmregeln wie »Die guten Militanten verschonen die Passanten« könnten da ethische Grundsätze vermitteln.

Der revolutionäre Erste Mai litt seit den Gründungstagen um 1987 von Jahr zu Jahr an einem immer stärkeren Imageproblem. Man hatte einiges versucht, zum Beispiel nach der Maueröffnung durch eine Verlagerung der Festivitäten in die östlichen Bezirke ein wenig Abwechslung zu schaffen. Schließlich boten der Hackesche Markt oder die Friedrichstraße genug Glasflächen, und es ließen sich dort bald tiefere Symbole des verhassten Kapitalismus finden, als die seit Jahrzehnten geschundene kleine Bushaltestelle am Mariannenplatz. Allein, es wurde nichts draus. Seit den Neunzigern tanzen zwar am 30. April ein paar Hippiestudentinnen im Mauerpark durchs Feuer, und die Betrunkenen zerschlagen danach ein paar Bierflaschen an der Eberswalder Straße, aber der Erste Mai blieb in Kreuzberg.

Die Natur an sich tut ja auch in Berlin, was sie kann. Es grünt, es blüht, sprießt, knospt, treibt, wächst und pollt. Aber gerade, wenn die Natur so erblüht, befällt den anfälligen Menschen erst recht ein großer Lebensüberdruss, Weltsattheit und Müdigkeit.

Auf die lähmende Frühjahrsmüdigkeit folgt die Leere des Sommerlochs. In Stadt und Wohnung ist es unerträglich heiß, überall lungern blöde junge Leute in den Cafés herum, und in den reicheren Bezirken fahren hässliche Menschen in Cabrios herum.

Man versucht, die zahlreichen Seen im Umland zu erkunden, das aber nun mal aus der ehemaligen DDR besteht, wo militante FKK-Anhänger die besten Plätze belegen. Wagt man es, sich textil in ihrer Nähe aufzuhalten, wird man mit hasserfüllten Blicken durchbohrt.

Der Sommer dauert zwar oft ein wenig länger in Berlin, weil er ja später angefangen hat, aber irgendwann Anfang September ist Schluss. Spätestens im Oktober kann man nicht mehr draußen rumstehen, im November ist es am schlimmsten. Es ist neblig, trüb und kalt, alle sind noch unfreundlicher als sonst, die große Spätjahrsdepression macht sich breit. Zum Glück laufen im Herbst die neuen Fernsehserien an. Da bleibt man einfach zu Hause und stellt sich auf Sofamodus um. Wenn es dann immer kälter und grauer wird, ist es Zeit für den Winterschlaf.

Der Winter ist die schwierigste Jahreszeit in Berlin, nicht nur für Menschen mit Ofenheizung. Es ist kalt und grau, und es stinkt. Dann müssen auch noch unterschiedlichste Feiertage in engstem Zeitraum bewältigt werden.

Seltsam, dass es immer noch Leute gibt, die jammern, weil sie zu den Eltern fahren müssen oder keinen Sinn mehr im Weihnachtsfest erkennen. Menschen über vierzig gehören einer Generation an, die sich, in einem gewissermaßen revolutionären Akt, bewusst für Weihnachten entschieden hat. Zum Beispiel gegen die Lehrer, die einen jedes Jahr die Böll'sche Lesebuchgeschichte »Nicht nur zur Weihnachtszeit« bis zum bitteren Ende, dem pausenlos »Frieden« flüsternden Engel, interpretieren ließen.

Oder gegen die Referendare, die konsumkritische Feuilletonartikel mit tollen Wortspielüberschriften wie »Süßer die Kassen nie klingeln« oder »Oje du Fröhliche« ausschnitten und »auf Matrize kurbelten«.

Später wollte man uns sogar einreden, der Weihnachtsbaumbrauch sei schuld am Waldsterben.

Während heute zunehmend auch in Berlin ironisch-affirmativ Weihnachten gefeiert wird, musste man ab den späten Siebzigern kritisch Weihnachten feiern.

Kritisch feiern heißt zuerst einmal kritisch schenken. Also bloß nichts Luxuriöses, Glitzerndes, Überflüssiges, sondern lieber jutesackfarbene Produkte vom Dritte-Welt-Weihnachtsbazar oder Selbstgebasteltes. Je grobgeschnitzter, löchriggestrickter oder plumpgetöpferter desto besser. Oft mussten die Beschenkten ihr Geschenk noch selbst anmalen. Letztendlich ging diese unschöne Wendung zum Puritanismus von zugereisten Protestanten aus, die sich weigerten, es der einheimischen Avantgarde gleichzutun und sich des sinnesfreudigen Teils eines doppelt ironisch gebrochenen Katholizismus zu bedienen.

In der Schule flöteten die üblichen Streber den fortschrittlichen Religionslehrern Stichworte wie »Einkaufsstress statt Besinnung« oder »Familienkrach zum Fest der Liebe« zu. Wer hingegen die bürgerliche Familie als bloßes Konstrukt sieht, kann ihre Rituale auch nicht als verlogen empfinden. Überforderte Mütter, stumpfe Väter, Völlerei, Singzwang und Streit gehören einfach zum Fest.

Nach dem Umzug nach Berlin und dem endgültigen Eintritt ins Erwachsenenleben, samt zugiger Fenster und Kachelofen, konnte man sich dann an Heiligabend über die voll aufgedrehte elterliche Zentralheizung freuen und sich nach dem familiären Pflichtteil mit anderen Weihnachtsheimkehrern in heimatlichen Szenediscos namens Flexibel, Why not? oder Kriterium treffen.

Natürlich ist man immer heilfroh, spätestens am 28. Dezember die Rückfahrt antreten zu können. Aber das Aufatmen in der Freiheit hält nie lange an.

Denn mit der moralischen Pflicht, wieder einen rauschenden Jahreswechsel erleben zu müssen, kommt man in die ausgekühlte Wohnung zurück. Draußen knallt es halbminütlich mit steigender Frequenz, die Haustiere sind verängstigt, und der Geruch von Pulverdampf liegt ab dem 29. Dezember über den Straßen.

Da es sich irgendwie als uncool eingebürgert hat, zu früh nachzufragen, was die anderen so machen, weiß keiner so richtig, wie er eigentlich die Silvesternacht verbringen soll.

Jeder tut so, als sei er so ins Ausgehgeschehen integriert, dass er sich bisher noch nicht zwischen zahlreichen Partyeinladungen entscheiden konnte. Am 30. Dezember, spätabends, lassen dann alle ihre Masken fallen, starten verzweifelte Rundrufe und geben zu, dass sie noch nicht wissen wohin.

So verbringt man die Zeit bis zum Jahreswechsel am besten in vertrauter Runde zu Hause, geht später dann zu der einen Party, auf die sich alle geeinigt haben, und steht wegen Überfüllung mit zweihundert Leuten im Hausflur. Das kann sehr lustig sein, wenn das Licht im Flur alle vier Minuten ausgeht, und es ist ja auch schön, alle wieder zu treffen. Man fragt sich gegenseitig, was man zu Weihnachten gekriegt hat, und erzählt sich, wie langweilig es bei den Eltern war und wie froh man ist, wieder in Berlin zu sein.

Die Nacht klingt dann unter hilflos winkenden Handbewegungen an Hauptverkehrsstraßen aus, denn nach dem Genuss geistiger Getränke und anderer Erfrischungen empfindet man es als deprimierend und demütigend, die öffentlichen Verkehrsmittel zu benutzen. Grundsätzlich aber werden Silvester in Berlin weniger Taxen als sonst eingesetzt.

So kommt man mittags durchgefroren und müde zu

Hause an. Die ersten Januartage vergehen langsam, wüst und alltäglich. Und während das Straßenbild durch interessante Installationen mit halb abgeschmückten Christbäumen bereichert wird, geht die schwierigste Zeit in der schwierigsten Berliner Jahreszeit noch lange nicht zu Ende, denn der kalte Februar, der nasse März, der stürmische April, all das muss durchgestanden sein, bis wir endlich durch die Frühjahrsmüdigkeit aus dem Winterschlaf des Lebens geweckt werden.

Die Band. Eine Einführung

Rumfahren

Das Fahren ist doch immer das Schönste.

Wenn dann endlich alle am Proberaum sind und alles eingeladen ist, wenn auch die vergessenen Taschen in den Fluren abgeholt wurden und man schon vor der Stadtautobahn zum ersten Mal anhalten muss, weil die ersten schon wieder aufs Klo müssen, wenn man dann endlich vierspurig fährt und durch grünere Gegenden kommt und zum Schluss sogar das freie Feld sieht und ein Stück Wald, dann fällt so nach und nach alles von einem ab: Die Berliner Sorgen, der schwierige Freund, die Geldprobleme, die Berufszweifel – das Fahren gibt allem einen Sinn. Gleichzeitig ist es natürlich sehr anstrengend, denn beim Rumfahren ist der Mensch in seiner sozialen, geographischen, organisatorischen Ganzheit gefragt.

Erfahrungsgemäß fällt eine herumreisende Musikgruppe bereits nach einer Stunde Autobahn auf den entwicklungspsychologischen Stand des Holozän zurück.

Je länger die Fahrt, desto tiefer die Gespräche. Moderne Mythen der Ernährungswissenschaft werden da erörtert: Ein hart gekochtes Ei zu verdauen kostet den Körper mehr Kalorien als das Ei tatsächlich hat. Ergo nimmt man bei hart gekochten Eiern schon während des Essens ab, man zehrt praktisch aus. Mit Mineralwasser verhält es sich übrigens ähnlich. Die Vegetarismusdebatte gipfelt gerne in der hochphilosophischen Frage: »Ist denn das Tier mehr wert als die Pflanze?« Der Themenblock »Katholizismus versus Protestantismus« endet meistens in der Sackgasse, »Vatikan und Familienplanung« und der Nahostkonflikt sorgen immer wieder für kurze Erregungsphasen. Manchmal kommt es auch dazu, dass die einschläfernde Landschaft, das Motorengeräusch und das Gefühl der Abgeschiedenheit die Zungen löst, sodass man auf Tour leicht gut gehütete Geheimnisse privater Natur erfährt.

Kurz nach Berlin tauchen schon die ersten Raststätten auf: Fläming, Michendorf. Sofort wird haltgemacht. Hieß es früher bei den Lassie Singers noch begeistert »Schnitzelalarm«, stürmen bei der Gruppe Britta alle zur Salatbar. An der hat sich in den letzten Jahren einiges getan.

Werden verschieden große Teller zu gestaffelten Preisen angeboten, heißt die Parole »schichten«, also möglichst viel Salatmasse pro Kubikzentimeter balancieren. Leider wird immer öfter der 100-Gramm-Preis eingeführt, da kann es an der Kasse zu bösen Überraschungen kommen.

Im Tankstellenshop kauft man anschließend Blätter

zur geistigen Wegzehrung: »Bravo«, »Gala« und »Die Aktuelle«. So verläuft die weitere Fahrt unter vergnügtem Gelächter über Jugend- und Adelsprobleme wie krumme Penisse oder das Schönheitsgen der Grimaldis.

So sind bald 500 Kilometer geschafft. Vor der üblichen Rockroutine – Fanbetreuung, Drogenexzess und Hotelzimmerparty – muss natürlich noch das Konzert gespielt werden. Vor allem in ländlichen Gebieten heißt es da höllisch aufpassen und bloß nicht großstädtisch-arrogant wirken. Fängt man zum Beispiel in Konstanz das Konzert eine Viertelstunde später an, also um 20.15 Uhr, wird gleich geschrien: »Typisch Berlin – die meinen, sie können machen, was sie wollen!«

Der Reisende aus Berlin tut generell gut daran, die Schönheiten anderer Städte extrem zu loben und die eigene Stadt tendenziell herunterzuspielen: Berlin-Downsizing ist das Gebot der Stunde.

Über kleinere Orte wie Marburg, das pulsierende Universitätsstädtchen an der Lahn, sollten wir Großstädter uns auf keinen Fall arrogant erheben: Hier kann man im Herbst gut die bunten Wälder loben und anmerken, dass eine solche Intensität der Laubverfärbung in grauer Städte Mauern, Berlin also, gar nicht erfahrbar ist. Sucht man in Frankfurt um halb zwei nachts nach einer geöffneten Gaststätte, wird man gerne von ortskundigen Szenetypen nach einem halbstündigen Fußmarsch in eine urige Taxifahrerkneipe jenseits des Mains geführt. An dieser Stelle sollte man demütig anmerken, in Berlin sei es wochentags um diese Zeit auch recht schwierig.

München überrascht ja immer wieder durch sein behördliches Clubmanagement und stampft ein Club-Disneyland nach dem anderen aus dem Boden. Dabei wird ein brachliegendes Areal, gerne in Güterbahnhofsnähe, eingezäunt und zum bewachten Themenladen-Erlebnispark: Vom Restaurant bis zur schicken Cocktailbar, vom Irish Pub mit Pappmachéfassade bis zur Szenedisco ist hier alles ganz praktisch aneinandergereiht.

Da schämen sich die aufrechten Münchner natürlich ein bisschen dafür, und auch da sollte man als Berliner nicht den Finger in die Wunde legen. Hilfe statt Häme ist gefragt: Könnte man im Münchner Clubghetto nicht durch fehlende Schilder und versteckte Eingänge das illegale Clubleben im Berlin der neunziger simulieren und so die Erlebnisquote steigern?

Bei aller höflichen Zurückhaltung müssen wir dann aber trotzdem immer wieder erfahren, dass Berlin ein Reizthema ist. Wie der moderne Amerikaner fragt sich der Berliner: Warum sind wir so unbeliebt?

Berliner Bands haben es seit den Zeiten der »Berliner Republik« nicht gerade leicht in Westdeutschland. Hauptstadtwahn! Neue Mitte! Dagegen hilft nur ein betont bescheidenes Auftreten. Selbst die gutmütigen Stuttgarter haben es satt, mit Daimler-Benz-Town-Witzen erniedrigt zu werden.

Am goldigsten sind immer noch die Wiener. Sie mögen

es, wenn man sie in ihrem eigenen Dialekt beschimpft. Mit einem lang gezogenen »Geh scheißen!« – heißt so viel wie hau ab, mach dich schmal – hat man sich schnell in ihr Herz geschlichen. Nach dem Konzert fragen sie nach »Leiberln« und finden alles »lässig« und »leiwand«.

So ist auf Tour jeder Tag mit Kilometern und Erlebnissen gefüllt. Trotzdem freut man sich nach drei Wochen wieder auf das schnöde alte Berlin. Kurz vor Dreilinden klopft sogar das Herz schneller. Alles sieht noch grauer und hässlicher aus als in der Erinnerung. Endlich kommt man zu Hause an, fällt aufs Sofa, telefoniert rum und erfährt, dass hier nix, aber auch gar nix los war.

Die Posttourdepression

Auf jede Tour folgt die berühmte Posttourdepression, vereinfachend auch PTD oder »das Tourloch« genannt. Die PTD kann bis zu drei Wochen andauern und im schlimmsten Fall sogar chronisch werden.

Sie kündigt sich manchmal schon am letzten Tourtag durch das aufkommende Gefühl einer inneren Leere, dem Bewusstsein der eigenen Bedeutungslosigkeit, transzendentaler Obdachlosigkeit und Unfähigkeit zur normalen Lebenspraxis an.

Plötzlich müssen die Abende wieder selbst gestaltet werden, eine innere Erregung befällt einen allabendlich zur »Showtime« zwischen neun und zwölf, aber keiner ruft einen auf die Bühne.

Man war vom Leben in der Gruppe, von den Bandmitgliedern immer genervt, aber jetzt fehlen sie plötzlich.

Auch das gute alte Berlin will einem gar nichts mehr sagen, die Freunde sind einem plötzlich so gleichgültig, man weiß nicht, wohin mit sich, ist fremd in der eigenen Wohnung und Stadt.

Gut verdienende Musiker hängen in solchen Fällen der Posttourdepression einen Mittelmeeraufenthalt ans Tourende, das erleichtert das Heimkommen.

Dem großen Rest bleiben nur die alten, günstigeren Hausmittel: Sich selbst gut zureden, abwarten. Man muss Berlin wieder eine Chance geben, muss sich bemühen. Und gibt es in anderen Städten nicht auch Unschönes?

Mozartschinken in Salzburg? Das Ringfest in Köln?

Es gibt Städte, die leiden an ihrem Image wie Stuttgart und Duisburg. Und stehen München und Frankfurt sich nicht oft selbst im Wege, schwärmt man in Münster und Marburg nicht sogar von Berlin und blickt neidisch an die Spree?

Ja, ja, ja. Deshalb: Raus aus dem Tourloch, rein ins crazy Berlin.

Aber ach, wenn's nur immer so einfach wäre. Was soll man denn hier?

Auf Tour hingegen weiß man immer, was man zu tun hat – meistens nichts. Man sitzt viele Stunden im Bus, musiziert ein wenig und trinkt viel, schläft in schmierigen sogenannten »Künstlerwohnungen« oder in Musikerhotels, in denen zum Beispiel der berühmte Tunichtgut Pete Doherty kurz zuvor sein Unwesen getrieben hat. Ach Wien, Wien, Wien.

Dann trifft man Bekannte: »Was war hier so los?«, fragt man.

»Nicht viel, der Frühling war kurz, und die Blüten sind schon wieder verweht«, sagen sie, und man hebt selbst zu erzählen an, von Weinheim und Bremen, von Triumphen und Demütigungen, von neuen Seelenverwandten und alten Toursitten, und natürlich sind solche Gespräche a priori Einbahnstraßen.

Dann schleicht man sich heim, vorbei an neuen unnötigen Cafés, die Telekom hat das Straßenbild weiter in Magenta verunstaltet, neue Werbung verhüllt alte Gebäude, der Palast der Republik ist wieder ein Stück runtergebaut. Alles ist so sinnlos!

Und dann passiert doch irgendwas irgendwo, ein Design-Mai oder eine Straßenfußballweltmeisterschaft oder eine Film-, Mode- oder Medienmesse, und dann sieht man junge Aktivisten aus aller Welt in den altbekannten Läden mit den altbekannten Interieurs – wie die großen Schaukeln im Leisesten Club der Welt – und alle Besucher haben dieses »Das-ist-ja-irre-in Berlin«-Lächeln im Gesicht. Da freut man sich dann wieder ein kleines bisschen an der eigenen Stadt, trinkt starke Getränke und schaukelt so vor sich hin. Und ganz kurz, vielleicht eine Sekunde lang, ist ein Gefühl der Leichtigkeit da.

Aber was ist das für eine Leichtigkeit, die mit Wodka und riesigen, an Stahlträgern befestigten Schaukeln in alten Fabrikhallen künstlich hergestellt werden muss?

Open Air im Frauenzelt

Wer hat eigentlich das Open-Air-Festival erfunden? Wem haben wir diese Plage der Menschheit zu verdanken? Es liegt nahe, die Hippies und Woodstock dafür verantwortlich zu machen. Aber wurden die nicht wiederum von Woody Guthrie und der deutschen Arbeiterbewegung mit ihrem »Brüder, zur Sonne, zur Freiheit« inspiriert?

Wahrscheinlich liegt die Wurzel des Übels noch weiter zurück: Sehr gut möglich, dass der französische Philosoph Jean-Jacques Rousseau mit seiner albernen Forderung »Retournez à la nature« die Urschuld an der Unsitte trägt. Man könnte auch gleich die alten Griechen mit ihren Amphitheatern für die Folgeschäden belangen. Darüber sollte mal jemand arbeiten!

Dabei ist ein Open Air – oder »Open Ohr«, »Melt« oder »Immergut« – ja nicht nur für die Zuschauer schlimm. Die zahlen sogar Geld, um sich in selbstverschuldete Unmündigkeiten zu begeben. Schlimmer ist es für die anreisenden Musikgruppen, die sich auf Freiluftveranstaltungen ihren Hungerlohn erspielen müssen. Reden wir nicht über die Anreise in unklimatisierten Billigtransportern ohne Navigationssystem, nicht vom Ferienende in vier Bundesländern und fiktiven Stadtplänen.

Ein Beispiel: Trifft man allen Widrigkeiten zum Trotz nach zehnstündiger Fahrt plus mehrmaliger Umkreisung und Durchquerung Wiesbadens im Stadtteil Freudenberg ein, wäre jede Ankommensfreude verfrüht. Denn ein mittelalterliches Gesetz besagt, dass um jedes noch so kleine Festival hundertfünfzig Kilometer Bauzaun verbaut werden müssen.

Die wichtigsten Menschen bei so einem Festival sind die Absperrer und Schrankenbewacher. Sie tragen schwarze T-Shirts, auf deren Rückseite in weißen Lettern das bedeutungsschwere Wort »Crew« gedruckt ist. An ihren imposanten Freeclimbergürteln baumeln halbmeterlange Funkgeräte, Taschenlampen und weitere Hochgebirgsausrüstung. Natürlich tragen sie auch Headsets oder implantierte Mobiltelefone. Bevor ein fremder Bus das Festivalgelände befahren darf, müssen in Konferenzschaltungen langwierige Absprachen getroffen werden.

Bands mit vorwiegend weiblicher Besetzung haben oft das Vergnügen, nicht im »Musikzelt« zu spielen, wo coole Hip-Hopper, Breakdancer oder anerkannte Politrocker abhängen, sondern im kleineren »Frauenzelt«.

Dort, abseits vom Rummel, haben wohlmeinende örtliche Frauengruppen »Frauen-Bilder« aus Märchenbüchern (Rapunzel, Dornröschen etc.) abgepaust, in Aquarell getaucht und an die Zeltwand gepinnt. Besonders schlimm ist es, wenn das Frauenzelt nachmittags der Kinderbelustigung diente und einen abends beim Auftritt dann bemalte Kindergesichter aus der ersten Reihe anglotzen. Gerne tritt an solchen Orten auch eine launige Frauen-Kabarettgruppe auf.

Unpopuläre Irrtümer

Das Leben ist schwierig und die Welt voller Irrtümer. Menschen machen Fehler am laufenden Band, Missverständnisse pflanzen sich über Generationen hinweg fort wie nix.

Im Jahr 1996 machte ich an einer Tankstelle eine seltsame Entdeckung. Während ich, wie seit zwanzig Jahren, die Zapfpistole zwanghaft festhielt, während das Benzin in den Tank lief und die Anzeige vor sich hin raste, bemerkte ich, wie ein Mittanker hinter mir seelenruhig die Windschutzscheibe putzte und sich der Tank seines Wagens von alleine füllte.

Viel Spott musste ich ertragen, als ich diese unglaubliche Begebenheit weitererzählte und nach so vielen Jahren des Autofahrens und Autobetankens erfuhr, dass mit einem kleinen Metallhäkchen die Zapfpistole so festgestellt werden kann, dass das Benzin ohne menschliche Kraftanstrengung in den Tank fließt.

Aber zum Glück verharren auch andere Menschen jahrzehntelang in ihren Irrtümern.

Ein schwesternloser homosexueller Freund, also mit der weiblichen Anatomie weder praktisch noch theoretisch noch vom Hörensagen her vertraut, saß zufällig dabei, als es im Freundinnenkreis um das ewige Thema »Menstruation« ging und warum sie immer im unpassendsten Moment einsetzt.

»Aber wieso?«, schaltete er sich voll Erstaunen in unser Fachgespräch ein, »alle Frauen bekommen doch gleichzeitig ihre Tage, bei Vollmond! Das hängt doch mit den Gezeiten zusammen.«

»Aber Ralf!«, schrien die Freundinnen amüsiert-entrüstet auf.

»Stell dir das mal vor, dann würde doch drei bis fünf Tage im Monat alles zusammenbrechen, die ganze Versorgung, die Wirtschaft, nichts würde mehr funktionieren.«

Da sah er seinen Irrtum ein.

Neben den darüber hinaus weit verbreiteten Irrtümern »Liebe ist möglich«, »Die Gerechtigkeit siegt«, »Wahlen ändern etwas«, deren man sich im Laufe des Älterwerdens bewusst wird, gibt es gerade bei einer Musikgruppe ganz fachspezifische Irrtümer:

1. Die Sachen in der Minibar sind umsonst

Als wir nach unserem allerersten Hotelaufenthalt in Frankfurt angesichts einer gefüllten Minibar freudig überrascht einiges probierten und den Rest in unsere Reisetaschen packten, beim Auschecken gefragt wurden, ob wir etwas aus der Minibar genommen hätten und simultan »Ja klar, alles« ausriefen, die Rechnung sahen und kleinlaut den Rest der kleinen Fläschchen schön wieder zurückstellten, da wussten wir es: Man muss für alles bezahlen.

2. Es gibt Groupies.

3. Man kann mit Musik Geld verdienen.

Die Gästeliste

Eine tragende Säule des gesamten Ausgehbetriebs und Konzertwesens ist die Gästeliste.

Dabei ist sie auf den ersten Blick für alle Beteiligten eine eher umständliche Sache. Für die Musiker bedeutet sie nur Stress: Wie viele dürfen drauf? Wen kann man streichen? Wer geht plus eins? Bloß keinen vergessen!

Die armen Gästelistenbetreuer am Einlass müssen dann in bis zu fünf verschiedenen handgekritzelten Listen wühlen. Die Gäste stehen dumm herum, warten ewig bis sie identifiziert werden und ziehen sich in der langsam verrinnenden Zeit den Hass und Sozialneid der wartenden Normal-Bezahlenden zu. In der Regel ist die Gästelisten-schlange auch wesentlich länger als die Bezahlschlange.

Aber was würde passieren, wenn die Gästeliste, die »Gäli«, wie wir Insider sie liebevoll nennen, abgeschafft würde?

Ohne Gästeliste würde die ganze Partybranche, das

ganze Konzertwesen zusammenbrechen, kein Mensch würde noch zum Konzert, zur Clubnacht, zum DJ gehen.

Leute, die man bis dato für wahnsinnig populär gehalten hätte, würden vor leeren Hallen auftreten, Firmenpleiten und ein großes Clubsterben wären die Folge.

Mit der Gästeliste wird Nachfrage vorgetäuscht, werden die Besucherzahlen geschönt. Am Ende sind alle zufrieden. Vielleicht finden die meisten Veranstaltungen überhaupt nur für die Gäli statt – sie dient der Stabilisierung von Geschäftsbeziehungen und der Stärkung des Zusammengehörigkeitsgefühls.

Gästelistenschmarotzer, die sich unter Vortäuschung journalistischer Lebenspraxis einschleichen, nie berichten, aber immer wieder auf die Gäli wollen, werden in der Regel bald enttarnt und für immer geächtet.

Gäli-Anfängern sei gesagt, dass ein selbsterniedrigendes Insistieren an der Kasse (»Ich muss aber drauf stehen!«, »Er hat es mir doch versprochen!«) als extrem uncool gilt und sich daher von selbst verbietet. Schick ist natürlich, immer drauf zu stehen, ohne darum gebeten zu haben.

Ursprünglich hatten die Gäli-Leute auch eine wichtige Funktion: Im »Rent-a-Fan-Prinzip« waren sie die modernen Jubelperser, dienten sie als Füllmenge vor der Bühne, als Eintänzer auf dem Dancefloor, als Gesellschafter am DJ-Pult.

Leider sind die Gäli-Nutzer auch nicht mehr das, was sie mal waren. Meistens stehen sie nur gelangweilt in den

Fluren herum, okkupieren das Backstage, greifen dort die Getränke ab und schauen sich noch nicht mal das Konzert an.

Drogenforschung I: Kein Bier auf Hawaii

Immer wieder, vor allem in den Sommermonaten, werden die allerneuesten Erkenntnisse der Drogenforschung veröffentlicht: Ecstasy macht doch dumm, bei Drogen weiß man nie, was drin ist.

Über die sozialen Folgen des kontrollierten Drogenmissbrauchs weiß die Mainstreampresse natürlich immer noch nicht Bescheid. Deshalb hier ein kleiner Ratgeber:

Besonders fatal wirken sich bei den euphorieverstärkenden Aufputschmitteln Fehleinschätzungen wie z. B. eine verfrüht festgestellte Seelenverwandtschaft aus. Hier ist höchste Vorsicht geboten.

Nur weil beide in der Jugend mal Dostojewski gelesen haben und aus der Pfalz kommen, hat das Leben sie nicht durch unauflösliche Bande verknüpft. So ein Seelenverwandter ist manchmal schwer wieder loszuwerden! Auch vor der Überbewertung intellektueller Erkenntnisse unter Drogeneinfluss sei gewarnt. Bevor man damit an die Öffentlichkeit geht, empfiehlt es sich, einige Tage abzuwarten. Hier machen auch durchaus erfahrene Menschen immer wieder schwere Fehler.

So war es mir eine Zeit lang zur lieben Gewohnheit geworden, wenn ich während der Tournee in kargen Hotelzimmern oder spartanischen »Künstlerwohnungen« im Drogenrausch keinen Schlaf fand, berühmte Werke der Popmusikgeschichte stundenlang im Kopf durchzugehen, sozusagen ein Schäfchenzählen mit Poptexten zu veranstalten. Eines Nachts kam ich so auf das schöne Lied »Es gibt kein Bier auf Hawaii« von Paulchen Kuhn.

Darin wird in der ersten Strophe, aus männlicher Sicht, die Geschichte einer reiselustigen Frau erzählt. Vergeblich versucht sie ihren Mann zum Fernurlaub zu überreden: »Und sie will nach Hawaii und sie will nach Hawaii, doch das fällt mir so unsagbar schwer.«

Das ist das Ende der Strophe und gleichzeitig die »Bridge«, doch dann kommt der Refrain, der Clou:

»Es gibt kein Bier auf Hawaii, es gibt kein Bier / drum fahr ich nicht nach Hawaii, drum bleib ich hier.«

Ab dieser Stelle steigert sich der Refrain ins Unermessliche, schunkelt sich zum Wahnsinn hoch:

»Es ist so heiß auf Hawaii, kein kühler Fleck / und nur vom Hula Hula geht der Durst nicht weg.«

Genial, dachte ich, schrie ich fast im Kokainrausch. Vom Hula Hula! Ist das toll! Darauf muss man erst mal kommen!

Die nächsten Stunden grübelte ich, feurig inspiriert,

darüber nach, ob das deutsche Sprichwort »Durst ist schlimmer als Heimweh« von diesem Lied abgeleitet wurde oder ob es sich eher umgekehrt verhielt.

Als ich am nächsten Morgen bei einem frugalen Hotelfrühstück die einmalige Schönheit des Liedes meiner Band nahebringen und eine Coverversion anregen wollte, verstand mich keiner.

Allerdings nahm mich auch niemand mehr ernst, seit ich mich mal auf Ecstasy in eine Ikea-Leselampe verliebt hatte, weil die so bescheiden und unprätentiös-freundlich in die Wand geschraubt war.

Drogenforschung II: LSD

Ach ja, das Leben zieht so rasch dahin, und manchmal nur hält man inne und gedenkt wehmütig der alten Zeiten, zieht Resümees und stellt Fragen an die Geschichte. Das gute alte LSD ist aus dem Alltag verschwunden. Warum eigentlich?

Selbst zum großen sechzigjährigen LSD-Jubiläum wurde in den spärlichen Geburtstagsberichten nur darauf hingewiesen, dass die weltberühmte Droge schweizerischen Ursprungs so out ist, weil sie nicht mehr in unsere leistungsorientierte Gesellschaft passt. Denn diese verkommene Gesellschaft braucht Drogen, unter deren Einfluss die Konsumenten noch leistungsfähiger werden!

Nur bei der Trendserie »GZSZ« gedachte man vor ein paar Jahren noch kurz der historischen Droge. Der Medizinstudent Ben Bachmann experimentierte, verführt durch seine leichtlebige Technofreundin, mit verschiedenen chemischen Substanzen. Bevor er aus der Serie verschwand, nahm er einen Trip und stürzte mit den Worten »Ich möchte in das Wasser des Lebens eintauchen und es aussaugen« in einen Brandenburger See.

Armes LSD.

Dabei könnte doch ein kontrollierter LSD-Konsum in unseren hektischen Zeiten zur Einkehr aufrufen und damit ähnlich wie Yoga den überanstrengten Menschen wieder fit für den Alltag machen. Das stundenlange versonnene Beobachten von Blattrückseiten, Weizenfeldstrukturen und Architekturwundern in Wolkenformationen ist doch Meditation für die wunde Seele des beschleunigten Menschen! Auch die immer gleichen Gesprächseinheiten der Tripesser könnten Sicherheit und Kontinuität geben: »Merkst du schon was? Bei mir geht's schon voll ab …«

Andererseits muss aber auch darauf hingewiesen werden, dass Lysergsäurediäthylamid der Menschheit auch furchtbare Nebenwirkungen wie die psychedelische Kunst bescherte: verschobene Spiralen, endlose Molekülhimmelsleitern, hohlwangige Weltraumwesen an Sporenpflanzen. Über die literarische Verarbeitung der Grenzerfahrungen wollen wir lieber schweigen.

Vor allem die ältere Landjugend hat der Erfindung des sogenannten Acidtrips viel zu verdanken. Jeder, der auf dem Land lebte, weiß, dass dort der Gebrauch von Kokain und Amphetaminen reine Geldverschwendung bedeutet. Wohin mit der künstlichen Energie nach der Sperrstunde in der Dorfdisco? Immer an die Autobahnraststätte fahren und reden? Mit LSD brauchte man keine städtische Infrastruktur: Bei Sonnenaufgang mit dem Kassettenrecorder und den fast leeren Batterien auf die Felder, achtzigmal das immer mehr leiernde »Dark Side of the Moon« hören. Da wird das Baden im Baggersee zur Entgrenzungserfahrung in der Ursuppe des Lebens.

Aber zurück zur Gegenwart: Wenn eine Droge in Rente geht, ist es dann nicht Zeit für eine neue Droge? Schließlich ist auf diesem Feld schon lange nichts mehr Vernünftiges erfunden worden. Vielleicht ist es mit den Drogen so wie mit Musikstilen und Jugendkulturen: Die letzten Neuerungen wie Techno oder Grunge liegen Jahrzehnte zurück, und ein langweiliges Retrophänomen folgt dem anderen.

Drogenforschung III: Die Champagnervergiftung

Die Champagnervergiftung ist ein Phänomen, das in der medizinischen Literatur bisher kaum beschrieben wird. Meine erste Champagnervergiftung hatte ich bei einer Echo-Verleihung. Es waren noch bessere Zeiten für die Musikindustrie, auch taz-Reporter waren zur anschließenden Party im Palais am Funkturm geladen, und vor einer Pyramide aus Champagnerflaschen standen livrierte Kellner und schenkten das flüssige Gold großzügig aus.

Meine Frage an die moderne Medizin lautet: Warum vergiftet man sich ausgerechnet mit Champagner, diesem edlen Getränk, wo man doch sonst im Leben weiß Gott schon so viel schlechten Weißwein und minderwertigen Sekt unbeschadet in sich hineingeschüttet hat?

Seltsamerweise setzt eine Champagnervergiftung immer erst spät am nächsten Tag ein. Man feiert die halbe Nacht, geht bester Laune zu Bett, schläft, wacht auf, denkt nach, lässt die Nacht Revue passieren, beschließt schließlich aufzustehen – doch bald stellt sich das Gefühl ein, dass es einem doch nicht so recht gut geht. Was dem folgt, ist nicht schön. Im Badischen nennt man die Tätigkeit verniedlichend »Bröckele lachen«.

Dieser Vorgang wiederholt sich dann bis zu zehn Stunden lang viertelstündlich, sehr bald geht es dabei nur noch um grüne Galle und weißen Schaum. Der Vorgang wird als krampfhaft, schmerzhaft und im Badischen mit »wurgsen« beschrieben. Kreislauf-, Herz-Rhythmus-, Seh- und Hörstörungen, stechende Kopfschmerzen kommen hinzu. Nach etwa drei Stunden tut die Speiseröhre ganz erbärmlich weh, und in den kurzen Minuten zwischen zwei Anfällen denkt man: »Wie machen das eigentlich die Models und die Bulimisten?« Aber die erbrechen sich wahrscheinlich nicht viertelstündlich, sondern konzentriert und diszipliniert zwei- bis dreimal täglich.

Bei einer Champagnervergiftung gibt es keine Heilung, kein Gegenmittel, das man einnehmen könnte. Es bleibt nur das Liegen, duldendes Leiden und leises Wimmern.

Wie alles Schlimme hat auch eine Champagnervergiftung ihr Gutes: Gedemütigt, geschwächt, aber auch innerlich gereinigt setzt man danach zur Neuordnung des Lebens an.

Leben in der Bar –
Ausgehen um die Jahrhundertwende

Die Hohe Tatra

Geburtstage sind für die meisten sensibel empfindenden allein lebenden Menschen sowieso schon schrecklich, aber wenn sie auf den 6. Januar, den Tag der Heiligen Drei Könige fallen, ist es besonders schlimm.

In der Kindheit war es ja noch einigermaßen in Ordnung, im katholischen Baden ist dann ja heiliger Feiertag:

Man saß mit Onkeln und Tanten beim Kaffeetrinken, draußen lag Schnee, es klingelte, und die Sternsinger, verkleidete Messdiener, standen mit dem »Kirchediener« vor der Haustür. Einer sagte einen Reim auf Weihrauch, Gold, Myrrhe; Balthasar, der schwarz Angemalte, musste immer den Besenstiel mit aufgeklebtem Goldpapierstern tragen, und der Dritte stellte sich auf den Küchenhocker, um bei der Kreideschrift C+M+B, oben an der Haustür, die letzte Ziffer der alten Jahreszahl wegzuwischen und durch die neue zu ersetzen. Die Geburtstagsgesellschaft kam in den zugigen Hausflur, um das Spektakel mit anzusehen. Dann wurden die Sternsinger mit zehn Mark im Briefumschlag und einer Tafel Milkaschokolade abgefertigt und waren wieder weg.

An solch einem Tag Geburtstag zu haben, konnte zu der gerechten Empfindung führen, ein kirchlich abgesegnetes Sonntagskind zu sein und ein Recht auf feierliche Geburtstage und das Fest an sich zu haben.

In Berlin war alles anders. Nicht nur, dass Heilige Drei Könige überhaupt kein Feiertag war, man hatte andere Sorgen. Wenn die Post-Weihnachtsdepression bereits sanft in die Angst, die richtige Silvesterparty zu verpassen, übergegangen war, wenn die Ernüchterung des Neujahrsmittags mit ihrem dumpfen Schmerz ab dem 2. Januar einer nüchternen Normalität gewichen war, wenn nach Alkohol und Aussprachen, nach Feiern und Fallen jeder froh war, zum ersehnten Alltag überzugehen, wen interessierten da in Berlin noch die Heiligen Drei Könige oder irgendwelche Geburtstage?

Über zehn Jahre lang hatte ich wirklich alles versucht: Große Partys, stille Feste zu zweit, Zusammenkünfte in kleinem Kreis, gemeinsame Konzertbesuche, Verreisen, dem Datum gleichgültig gegenüberstehen – und es war doch immer ein unglücklicher Tag, der mit Katastrophen, Streit, Zusammenbrüchen, Tränen und mittleren bis schweren Depressionen endete. Und so baute sich jedes Jahr schon im Oktober die Angst vor dem herannahenden Geburtstag auf.

Aber dieses Jahr sollte alles anders werden, denn ich hatte im Sommer Konrad kennengelernt: Konrad der Maler, Konrad, der empfindsame Seelenverwandte, Konrad, der am gleichen Tag Geburtstag hatte! Ab jetzt sollte das Geburtstagsdrama ein Ende haben.

Die neue Bekanntschaft wurde durch einen Telefon-, Brief- und Freundschaftskult gepflegt und als etwas nahezu Religiöses immer wieder neu zelebriert.

Konrad war von einer Zuvorkommenheit, die man heutzutage unter heterosexuellen Männern leider gar nicht mehr findet. Er schlug einem Türen nicht einfach vor der Nase zu, fragte in Bars vor dem Gang zur Theke, ob er einem etwas mitbringen könne, brach ein wichtiges Gespräch nicht einfach ab, weil ein Bekannter gekommen war, war zudem literarisch interessiert und vielseitig gebildet. Er behandelte mich wie einen ganz besonders kostbaren Menschen, den er allen anderen vorzog.

Das war Balsam auf die wunde Seele, hatte ich mich doch innerlich längst von der alten Clique aus dem Kreuzberger Achtziger-Jahre-Becks-Trinker-Rockmusiker-Umfeld und dem ex&pop entfernt. Die alten Freundschaften waren ausgeleiert, die alten Pfade ausgelatscht, ich suchte nach neuen Ufern.

Konrad wohnte in der Mulackstraße, hielt sich in den internationalen Künstlerkreisen in Mitte auf und gehörte dem gehobenen Techno-Underground an. Er eröffnete mir seine Welt der Vernissagen und Anti-Kunstmessen, nahm mich mit in die in dritten Hinterhöfen gelegenen, nur einmal wöchentlich öffnenden und nur vier Wochen existierenden Geheimclubs.

Was er eigentlich an mir fand, war mir damals schon schleierhaft. Zwar hatte ich in sehr eingeschränkten Diskurspopkreisen eine bescheidene Berühmtheit erlangt, und vielleicht schätzte er eine gewisse mir eigene tragische Ausstrahlung, aber was die Kunstcliquen der Neunziger anging, hatte ich nicht viel zu bieten, sie waren mir direkt zuwider, und manchmal befürchtete ich, er würde sich von mir abwenden, sobald er das bemerken würde.

Bis dahin aber war die geschwisterliche Zuneigung immer mehr gewachsen, und wir versicherten uns immer wieder, wie sehr man Gott, der Vorsehung oder dem Zufall danken musste, dass wir uns kennengelernt hatten. Diese Seelenverwandtschaftshysterie sollte in einer gemeinsamen Geburtstagsfeier den vorläufigen Höhepunkt finden.

Mitte Oktober begannen die Vorbereitungen zu dem großen Fest. Es sollte »Das Fest der Könige und Königinnen« heißen.

In mehreren Sitzungen wurde zuerst die Form der Einladung, ob förmlich, fernmündlich oder Flyer, beschlossen, dabei setzte sich die konventionelle Variante durch.

Als Einladungen wurden in mühevoller Kleinarbeit kleine Heftchen mit Bildern von Königinnen und Königen, deren geschlechtlich-paritätische Auswahl sorgfältig überlegt wurde, gefaltet, gelocht und mit altrosa und blasslila Seidenschleifchen gebunden.

Diese Briefchen konnte man dann abends in den Clubs heimlich jemandem zustecken, was bereits der Einladungszeremonie eine poetische Note verleihen sollte.

Austragungsort der Feierlichkeiten sollte die Hohe Tatra sein, ein geheimer, im malerisch zerbröckelten zweiten Hinterhof am Rosenthaler Platz gelegener Veranstaltungsort, wo wir im Sommer herrliche Nächte, Wodkalime trinkend und einander Gedichte rezitierend, zwischen unkrautumranktem Gemäuer auf verbeulten Autos sitzend, zugebracht hatten.

Das Festprogramm wurde lange diskutiert. Ich wollte befreundete Gitarrenbands, Konrad verschiedene DJ-Berühmtheiten einladen. Dies war ein problematischer Punkt, denn damals trat noch nicht auf jeder Dorfhochzeit und nicht in jedem Baumarkt ein DJ auf, die Fronten waren noch klarer. Die DJ-Kultur wurde von meinen alten Freunden als seelen- und auralos verachtet und nur ungern rezipiert, die neue DJ-Szene dagegen hielt Livemusik für überkommenes Authentizitätsgetue. Man konnte sich nach einiger Diskussion jedoch auf undogmatischen Electro-Crossover mit Easylistening-Schwerpunkt, der auf die kurzgehaltenen Liveacts folgen sollte, einigen.

Konrad war als Künstler für die Raumgestaltung zuständig. Er schlug Strohballen und luftige Schaukeln als Sitzgelegenheit vor. Dann kam Weihnachten, und alle verließen Berlin.

Als ich am 5. Januar die Hohe Tatra betrat, erschauerte ich.

Der Winter war bis jetzt sehr lang und kalt gewesen, seit Silvester minus 18 Grad. Die Hohe Tatra war mehrere Wochen nicht beheizt worden. Das Wasser in Spüle und Klo war gefroren, und im Spülbecken waren die Reste der letzten Sommerparty, ein Konglomerat aus Aschenbecherinhalten, Zitronenscheiben, Korken, Silberpapier, Glasscherben und Dreck unter einer dicken Eisschicht interessant eingeschlossen und für den Betrachter konserviert.

Es roch nach Gruft, Schimmel und altem Bier. Der Clubbetreiber, der alles vorbereiten und einheizen wollte, war nicht da.

Obwohl ich mehrere Pullover und Jacken übereinander trug, hatte sich die Grabeskälte nach wenigen Minuten bis auf die Knochen durchgefressen. Ich ging wieder hinaus auf die Brunnenstraße, wo es mir trotz der minus 18 Grad wohlig warm erschien.

Die Leute liefen mit Schlitten um die schneebedeckten Baustellen herum, sackten ein, machten lustige, ungelenke Bewegungen, Eislust lag in der Luft. Ich stellte mir vor, wie schön es wäre, jetzt einfach zur U-Bahn schlittern zu können und heute Abend fernzusehen.

Dann kam Udo, ein zugezogener Pforzheimer, der die Unsicherheit des Provinzlers durch extreme Unfreundlichkeit kaschierte und, wie viele männliche Neu-Großstädter, grobe Unhöflichkeit mit Coolness verwechselte. Er verlangte mürrisch »Kohle fürs Taxi«, um die Gasheizung abzuholen, und verschwand wieder. In wenigen Stunden sollte das Fest der Könige und Königinnen stattfinden.

In diesen Stunden gelang es irgendwie, mit mehreren Hektolitern heißem Wasser, das vom Imbiss gegenüber durch die Hinterhöfe geschleppt werden musste, und durch stundenlanges Föhnen der gefrorenen Wasserleitungen sanitärähnliche Bedingungen herzustellen.

Der damals neue Burger King am Rosenthaler Platz – der erste im Osten – wurde mir zur Trost- und Rettungsstelle, immer wieder hinterließ ich eine Kaffeetropfenspur im Schnee, wenn ich mit dem dünnen Pappbecher in den erstarrten Handschuhhänden zur Hohen Tatra schlitterte.

Dort kratzte ich weiter an der Eisdreckbeschichtung des Tresens herum und spülte fettverschmierte Gläser fünfmal hintereinander. Ich begann gerade damit, die Wrackteile eines Schlagzeugs die steile Kellertreppe hochzuschleppen, als die Tür aufging und Konrad, mit herrlichen Blumengebinden und einem aus schimmernden Stoffen zusammengesetzten Überwurf beladen, erstarrt im Raum stehen blieb.

Er hyperventilierte kurz und drohte dem abwesenden Udo mit einer Konventionalstrafe, die natürlich in einem an sich illegalen Club jeder rechtlichen Grundlage entbehrt hätte.

Dann arrangierte er das Blumengebinde, ließ das Licht auf sich wirken und platzierte das mitgebrachte Seidenplaid in geschmackvollem Faltenwurf auf dem Diwan. Die Idee mit den Schaukeln war wegen morscher Deckenbalken und die mit den Strohballen wegen Feuergefahr leider gestorben, aber Konrad bemühte sich, dem Raum mit einfachen Mitteln Atmosphäre zu geben.

Da schon empfand ich ein leichtes Gefühl der Ungerechtigkeit die Aufgabenverteilung betreffend, aber Konrad wirkte eh schon gereizt, und schließlich hatte ich den ungastlichen Ort vorgeschlagen. So sagte ich nichts, um die Gewitterwolken auf seiner schönen Künstlerstirn nicht noch dichter werden zu lassen.

Dann kam auch die Gasheizung. Aus einem Loch an der Vorderseite des bombenförmigen Gestells schlugen hinter einem Gitter gefährlich blaurote Flammen hervor, die die Luft zwar kaum erwärmten, dafür aber in wenigen Minuten den gesamten im Raum vorhandenen Sauerstoff aufgebraucht hatten. Man beruhigte sich aber mit der alten Veranstalterhalbweisheit, dass Menschen mit ihrer Körperwärme jeden Raum zu heizen vermögen. Die Arbeit ging langsam voran, ständig musste zwischen den sich angiftenden Männern vermittelt werden, aber dann kamen noch Freunde und halfen mit, um sich zu wärmen. Schließlich, um halb neun, war die Hohe Tatra zwar immer noch recht kühl, aber feierlich geschmückt.

Das Fest begann, nach und nach füllte sich der Raum. Begrüßungen, Küsse flogen durch die Luft, Blumen wurden überreicht, Geschenkpapier knisterte, man redete inspiriert aufeinander ein.

Um zwölf trat eine eigens zusammengestellte Band auf die Bühne und spielte »They say it's your birthday« von den Beatles, wir beiden Geburtstagskinder standen Hand in Hand davor, ergriffen von uns selbst und unserem schönen Fest.

Dann wurde weiter geredet und gratuliert, Menschen lernten sich kennen, Telefonnummern wurden getauscht, Projekte verabredet, es war ein gelungenes gesellschaftliches Ereignis.

Ich beschloss, ein wenig an die Luft zu gehen, der klare Winterhimmel stand über der Brandmauer, zum ersten Mal seit langem war ich richtig glücklich. Alles war gut, wir Menschen waren doch nicht hoffnungslose Idioten unserer Biographie, alles war möglich, sogar Geburtstage! So sinnierte ich glücklich vor mich hin, bis Konrad, sichtlich derangiert und innerlich völlig aufgelöst, auf mich zu stürzte:

»Ich mach das nicht mehr länger mit ... du musst sofort was unternehmen ... es ist mein Fest ... mein Fest, und die benutzen es für ihren regressiven Dreck ... richtet sich gegen alles, wofür ich stehe ... DJs warten ... eben zwei ganz tolle Freunde vom xy-Label gekommen ... fanden Musik auch ganz schrecklich ... wollen wieder gehen ... musst unbedingt was machen!« Was war geschehen?

Nach dem offiziellen Liveteil hatte sich der für seine Auftrittssucht bekannte Italo-Kreuzberger und Gitarrist Salvatore auf die Bühne gestellt und mit seiner zufällig ebenfalls vollständig anwesenden Band sein Euro-Rockprogramm gespielt, während die DJs längst am Start waren und unter ihren Pulten schon ungeduldig mit den Füßen scharrten.

Diplomatie schien das Gebot der Stunde, und so schlug ich vor, den spielsüchtigen Italiener noch kurz gewähren zu lassen und dann mit einer kleinen Ansage einzugreifen und geschickt auf die DJs überzuleiten.

Aber Konrad war das nicht genug, er schrie immer lauter: »Du musst was machen, du musst was machen!«

Ich erkannte ihn kaum wieder, alle Ritterlichkeit war von ihm gewichen, Hass loderte in seinen Augen.

Das Gefühl einer großen Überforderung kroch in mir empor. Ich versprach, mich sofort darum zu kümmern, ging dann aber in den Keller, wo parallel eine kleine geheime Subparty stattfand. Erfrischungen wurden ausgelegt, Witze gemacht, der bessere Sekt und echter Champagner getrunken, gelacht – fast hatte ich den Zwischenfall vergessen.

Als ich wieder nach oben kam, war alles zu spät.

Konrad hatte sich in einer Kamikaze-Aktion auf die Bühne geworfen, dem Sänger das Mikro entwunden und war damit zum Ausgang gerannt.

Der unter dem Ruf eines leichten Hangs zur Gewalttätigkeit stehende Barkeeper und Mikrophonbesitzer Mike hatte das Geburtstagskind nicht als solches erkannt und die Szene als dreisten Diebstahl interpretiert, war dem Mikrophonräuber hinterhergelaufen und hatte ihn vor der Tür gestellt. Freunde bildeten einen dichten Kreis um die beiden Mikrophonringer, versuchten Mike zu mäßigen oder Konrad zu beruhigen, der jede Contenance verloren hatte und auf alles mit langen Armen einfuchtelte.

Es war eine jener Situationen, die gerne in eine Massenschlägerei übergehen, aber dank dem beherzten Eingreifen kinderladengestählter Vermittlerinnen beruhigten sich die Kontrahenten.

Die Band hatte erst jetzt aufgehört zu spielen und stand desorientiert auf der Bühne. Konrad schrie, sie sollten endlich abhauen, im Publikum wurde diskutiert, ob live gespielte Musik immer der konservierten vorzuziehen sei, also ob diese talentierte Gitarrenband jetzt aufhören musste, um dem technisch reproduzierten Maschinensound zu weichen.

Zum Glück waren Salvatore und Konsorten jetzt so beleidigt, dass sie die Instrumente einpackten. Ein letztes Mal blickten sie Hilfe suchend zu mir herüber. Ich aber richtete nach einer alten Taktik den Blick traumverloren auf einen fernen Punkt am nicht vorhandenen Horizont, im Geiste bereits alle Kreuzberger Kneipen durchgehend, alphabetisch von Ankerklause bis Wiener Blut, die ich in nächster Zeit lieber meiden wollte.

Endlich waren die DJs am Start, es wurde getanzt. Die meisten Gäste hatten den Zwischenfall schnell vergessen und amüsierten sich. Nur ich verbrachte die nächsten drei Stunden unter den sich wiederholenden Anschuldigungen der beiden Parteien. Man hasste sich gegenseitig, ich aber war bei allen unten durch. Konrads Empörung hatte nicht nachgelassen, er hatte die Barfrauen dumme Votzen genannt, worauf die ihm Hausverbot erteilten, woraufhin er wiederum drohte, den ganzen Laden in die Luft zu sprengen, was auch nicht zur Deeskalation beitrug. Schließlich sprach man gar nicht mehr miteinander.

Ich suchte meine Geschenke zusammen und ging ohne Abschied allein in die Winternacht hinaus und machte mich auf den Weg nach Schöneberg, um in der alten Lieblingsbar Trost zu suchen.

Dort angekommen, war es bereits halb sechs und nicht mehr viel los. Der Barkeeper war neu und unbekannt, und so saß ich mit zwei anderen verlorenen Gestalten hundegleich am Tresen, trank ein paar Wodkalime, kämpfte mit Selbstmitleid und Tränen, um dann mit dem am schlechtesten gelaunten Taxifahrer der Welt im anbrechenden Grau des 6. Januars wieder Richtung Kreuzberg zu fahren.

An den Yorckbrücken staute sich der Berufsverkehr vor den Ampeln, die Leute hetzten mit hochgeschlagenem Kragen durch den Matsch, standen in schlecht gelaunten Rudeln an Bushaltestellen, wichen wie choreographiert vor dem Schneematschspritzwasser der vorbeifahrenden Laster zurück.

Es hatte zu tauen begonnen in der Nacht, und auf den Gehwegen war die grauweiße Schneedecke hie und da heruntergeschmolzen. Wie kleine Inseln kamen die in Größe, Konsistenz und Farbgebung verschiedenen Hundehaufen, die so lange unter dem Weiß der letzten Wochen verborgen geblieben waren, zum Vorschein. Diese wieder aufgetauchten Exkremente schienen ein ganz treffendes Sinnbild meiner Existenz abzugeben.

Zu Hause angekommen, sank ich in einen todesähnlichen Schlaf. Es war fast schon wieder dunkel, als ich die Augen aufschlug, der Ofen war ausgegangen, aber es gab ja sowieso keinen Grund aufzustehen. Der eigentliche Geburtstag verlief dann sehr ruhig, kein Mensch rief an, keiner kam zu Besuch, nur eine schwere Angina kündigte sich an. Konrad hat sich dann ein paar Tage später noch einmal telefonisch-kühl nach dem Verbleib einer Vase erkundigt, und mit der Hohen Tatra lief außer der Getränkeabrechnung auch nicht mehr viel.

Als ich mich nach zwei Wochen Rekonvaleszenz stark genug fühlte, um wieder unter Menschen zu gehen, sagten viele, was für eine schöne Party es doch letztens gewesen sei.

Aber ich nickte nur teilnahmslos und dachte, dass entweder Gitarrenmusik und DJ-tum nicht zusammenpassen oder dass man seinem Schicksal einfach nicht entkommen kann.

Davorstehen in Mitte

Wie alle Westberliner hatte auch ich die neuen östlichen Stadtteile die ersten Jahre ignoriert. Warum sollte man auch das Punkrevival nachfeiern, im Tacheles mit Flokatiwestentypen im Kreis ums Feuer sitzen und ihre zusammengeschweißten Schrottskulpturen mit den grob angedeuteten Geschlechtsteilen bewundern? So überließ man die Ostberlin-Begeisterung den frisch zugezogenen Studenten aus Westdeutschland, den Mittelschichtskindern, die, der bürgerlichen Enge entflohen, jetzt den bröckeligen Charme der ehemaligen Hauptstadt der DDR genossen und begeistert ihre erstmals improvisierte Existenz feierten. Sie eroberten die neuen Stadtteile, verbreiteten große Euphorie und ergaben sich ganz der Bröselromantik. Ihre noch neugierig suchende Innerlichkeit schmiegte sich perfekt an die ungeklärten Besitzverhältnisse in der Außenwelt. Sie sahen sich um, mit den glänzenden Augen junger Menschen, die ihr Zuhause noch nicht lange verlassen hatten, und für die alles noch ein Wunder war: Rechnungen, die auf den eigenen Namen ausgestellt sind! Telefonanschlüsse, auf die man zwei Jahre warten muss! Partys, bei denen man das Bier beim China-Imbiss gegenüber holt! Verrückt! Und nachts schweißten Arbeiter im orangen Techno-Outfit unter stiebendem Funkenflug die Straßenbahnschienen: »Crazy Berlin!«, schienen die jungen Mitte-Enthusiasten unentwegt innerlich auszurufen. Und alle machten mit und verbreiteten die Kunde über die ruinöse Schönheit verlassener Straßenzüge mit ihren malerisch zerbröckelten Hinterhäusern.

Aber dann kam die erste Gründerphase mit all den neuen, improvisierten Bars und Clubs, und auch die Antistadtromantiker ließen sich in diesen Bann ziehen.

Auch die Abgebrühteren sind jahrelang begeistert nachts über Baustellen gestolpert, sind im Dunkeln hinter rostigen Gartentürchen einem Matschweg gefolgt, an dessen Ende sich angeblich ein neuer Club in einem Ex-DDR-Vereinsheim befinden sollte.

Wie viele sind unter Maschendrahtzäunen gekrochen, um sich in eine alte Kartoffelhandlung zu quetschen? Haben in Unterführungen hinter alten Stahltüren umgebaute Bedürfnisanstalten namens Sexyland gesucht?

Die Straßen waren voll von umherschweifenden Ausgehgruppen, desorientierte junge Leute, die verunsichert fragten: »Wisst ihr, wo der Toaster, die Love-WG, der Eimer, das HTC, die Hohe Tatra, das Boudoir, der Traktor ist?«

Was für eine Ausgeheuphorie! Ausgehen war eine Schnitzeljagd, mit der man sich gleichzeitig die neue Stadt, den unbekannten nahen Osten aneignete.

Wie oft stand man mit der Ausgehgruppe in dunklen Hinterhöfen, suchte nach einem Lichtschein an der Häuserfront, horchte angestrengt, ob von irgendwo ein Stück Musik herwehte?

Die »galerieberlintokio« lag idyllisch im Hinterhof zwischen einer Hip-Hop-Tanzschule und Müll- und Schuttbergen, aus denen später ein gepflegter Biergarten und dann ein Pan-Asia-Restaurant werden sollte.

Die Galerie war beständig, sie öffnete zwischen 1996 und 1999 solide zweimal wöchentlich donnerstags und samstags. Sie gab Halt in einer Zeit, in der andere neue Clubs längst wieder geschlossen waren, bevor man sie gefunden hatte. Die Galerie war Jugendzentrum für Erwachsene, Trinkhalle, Ausstellungsraum, Musikseminar, Begegnungsstätte, Concert Hall, Tanzschuppen, Spiel- und Tobezimmer, Proberaum und Studio.

Man kam mit nichts und ging mit einer Hand voll lose verabredeter Projekte, neuen Bekanntschaften und einer ausgewachsenen »Sexy on ice«-Vergiftung nach Hause.

Die Sommer verbrachte man eigentlich aber immer nur »davor«: Weil es drinnen meist zu stickig, zu heiß, zu voll, das Programm zu anstrengend oder langweilig-bizarr war und die ganzen Bekannten sowieso draußen standen. Es gab Wochen, da war man immer da, aber nie drin.

Ob damals die Idee geboren wurde, sich von der altbackenen Institution »Club« zu emanzipieren und sich in den warmen Monaten irgendwo mit Menschen und Getränken auf interessanten Brachgeländen oder vor zerbröckelten Fassaden zu treffen? Ein szenebekannter Prominentenschreiber schlug damals schon vor, eine etwa sechs Stufen hohe Treppe auf Rollen anzufertigen. Sie sollte Zentrum des Herumstehens sein, eine Grenze zwischen Außen und imaginärem Innen markieren und so Orientierung bieten.

Dieser Gedanke ist jedoch im Ansatz falsch. Das Draußenstehen ist nämlich nur so lange attraktiv, wie es sich vom Drinnenstehen distanziert. Wer draußen steht, sagt: »Was schert mich der DJ, was kümmert mich die Installation! Ich brauche mich nicht an einer Bar oder sonst was emotional anzubinden. Die rauverputzte Hauswand ist mir Halt genug.«

Absolute Autonomie beweist man aber inzwischen auch nicht mehr dadurch, sondern durch das achtlose Vorbeilaufen. Das Vorbeilaufen symbolisiert: Ich brauche das alles nicht mehr, ich verweigere mich dieser Vergnügungssucht, ich habe keine Zeit für so etwas, ich habe wichtige (künstlerische) Arbeit zu tun! Beim achtlosen Vorbeilaufen, grüßt man, ganz in apollinisch-klare Gedanken versunken, ein paar Bekannte mit einem freundlich-teilnahmslosen Blick, ignoriert die Musik, die aufgeladene dionysische Atmosphäre und geht gemessenen Schrittes – nicht zu hastig, aber auch keinesfalls zu langsam – vorbei. Noch cooler wäre, sich in einer unbelebten Straße vor einen Parkplatz zu stellen.

Wie dem auch sei, wie alle guten Dinge hatte auch das bunte Treiben im Hinterhof der Rosenthaler Straße bald ein Ende.

Die Immobilien wurden verteilt, auf dem großen Brachgelände am Hackeschen Markt entstand ein Seniorenheim, ein Billigdrogeriemarkt und ein Café, das schon früh eine neue Schnöseligkeit ins bisher so angenehm proletarische Berlin brachte. Dort feierten dann weitgehend unbekannte Schauspieler hinter goldenen Absperrstangen mit roten Kordeln ihre Filmpartys.

Siebzehn Tapas-Bars säumten die Rosenthaler Straße bereits 1998, in den Nebenstraßen wütete die Galerienpest.

Ach Mitte, Mitte, Mitte. Es war bald vorbei mit Crazy Mitte.

Die Ausgehkultur veränderte sich ins Ungute. Statt in Kellern rumzustehen, saßen die Ersten lieber in den tiefen Sesseln der Tropenholzclubs, bestellten sündhaft teure Drinks bei Barmännern, die ihre Krawatte seitlich ins blütenweiße Hemd synchronlegten. Man lobte die weichen Ledersessel und die gutgemixten Drinks.

Es war eine seltsame Zeit, vielleicht hatte es auch was mit der New Economy zu tun.

Die Flittchenbar

Trotzdem war in Mitte bis Ende der Neunziger das Ausgehen noch einfach: Montags ging es in die Montagsbar, den Ideenshop in der Torstraße, dienstags in die Dienstagsbar in der Schröderstraße, mittwochs traditionell in die Flittchenbar. Donnerstags und samstags hatte die galerieberlintokio auf, und sonntags ging man ins Fink.

Ich lebte, wie früher zu ex&pop-Zeiten, eigentlich nur für die Abende und die Nächte. Tagsüber erholte ich mich und machte die anfallenden Arbeiten, aber das wahre Leben begann erst abends.

Was hat man eigentlich immer erwartet? Alles und nichts. Man war einfach auf der Suche nach Erlebnissen, nach neuen Freunden, einer neuen Liebe, neuen Projekten, und man hatte die Gewissheit, dass jeden Abend etwas Außergewöhnliches passieren konnte. Daran ist an sich nichts Ungewöhnliches, wenn das Ausgehen der eigentlich natürliche Zustand ist.

Deshalb sind die Leute, die »nicht mehr ausgehen«, auch nicht zu verstehen. Man muss ihre Haltung respektieren, aber man will nichts mit ihnen zu tun haben.

Die Idee zur Flittchenbar war aus der Angst vor dem drohenden Ende der galerieberlintokio entstanden. Wohin mit uns?, hatte sich die Ausgehclique gefragt und »nur mal so« darüber gesprochen, wie es wäre, eine eigene Bar aufzumachen. Karla, Almut und ich hatten ja schon Erfahrung mit der Lassie Bar, die wir im Hinterzimmer des Fischlabors in Schöneberg betrieben hatten. Wir führten dort neben der Bar auch einen Kiosk mit Hundepostkarten, Nylonstrümpfen und Feuerzeugen, spielten Mixkassetten ab und ließen unserer Singsucht freien Lauf. Alles lief prima, bis Almut mit dem Betreiber Schluss machte und Hausverbot bekam. Ich machte eine Zeit lang alleine weiter, in der sie heimlich durchs Fenster einstieg, aber bald flog alles auf.

Warum also nicht unsere Erfahrungen aus Fischbüro und Lassie Bar nutzen? Ein Bekannter gab uns den Tipp, neben dem Ostbahnhof in einem leer stehenden Hochhaus – einem ehemaligen DDR-Postgebäude – sollte demnächst ein neuer Club, Maria am Ostbahnhof, eröffnen.

Also fuhren wir eines Abends dort vorbei und bewarben uns persönlich und formlos für den Betrieb einer Bar im ersten Stock. Dort bot eine Glasfront einen schönen Blick auf den maroden Ostbahnhof und die East Side Gallery, die bemalte Ostmauer. Die Maria-Betreiber saßen immer im Halbdunkel bei irgendwelchen Besprechungen zusammen, waren ungefähr alle gleich groß und ähnlich frisiert, sodass wir sie die ersten Monate immer miteinander verwechselten und uns wunderten, wenn irgendwelche Absprachen nicht funktionierten. Erst später begriffen wir, dass auch wenn wir die einzelnen Personen wiedererkannt hätten, die Absprachen nie eingehalten worden wären. Aber nach den anfänglichen Schreckminuten funktionierte seltsamerweise dann doch immer alles, wurden kurzfristig noch Technics-Plattenspieler, Endstufen, Tontechniker organisiert. Selbst bei schlimmen Doppelbuchungen, unten Tuxedomoon und DJ Hell, oben Flittchenbar und zwischendrin die Nightline City Cruisers, gab es irgendwie einen Ausweg, denn es lag eine große gastronomische Gelassenheit über der ganzen Maria.

Natürlich hatten wir für unsere Flittchenbar ein ausgeklügeltes Marketingkonzept:

1. Überbetreuung durch Spitzentresenkräfte.

2. No DJ.

Das Kiosksortiment wurde um Brennholz, Briketts, Tampons, Katzenfutter, Mauserhilfe für Wellensittiche und ausgewählte Werke der Weltliteratur, Schwerpunkt Ehebrecherinnenromane, erweitert. Aber keiner wollte am Kiosk verkaufen, alle wollten nur hinter der Bar stehen, so mussten wir die Kioskidee nach und nach aufgeben.

Oft war hinter der Bar mehr los als davor. Der Servicegedanke wurde sehr groß geschrieben, wobei wir auf gute Unterhaltung unserer Gäste Wert legten. Getränke ausschenken war da eher Nebensache. Die Flittchenbar war ja kein gastronomischer Betrieb, sondern ein allwöchentliches Freundestreffen.

Leider waren wir keine knallharten Bookerinnen – wir brachten es nicht übers Herz, selbst den schrecklichsten Bands, die sich bei uns beworben hatten, abzusagen. So litt das Programm unter starken Qualitätsschwankungen.

Die Abende in der Flittchenbar waren immer einzigartig, liefen aber stets nach dem gleichen Schema ab.

Ein stadtbekanntes Weird-Folk-Elektronik-Duo fiel am Ende jedes Barabends regelmäßig von den Hockern und wurde von den fürsorglichen Maria-Wirten zum Taxi geleitet. Dänische Touristen starrten mit glasigen Augen auf die East Side Gallery und glaubten, sich in einer weltgeschichtlich wahnsinnig romantischen Situation zu befinden.

Manchmal spielten wir nur Bar, so wie man als Kind Kaufmannsladen gespielt hat. Dann wurde es plötzlich total voll, man musste richtig schuften, und jeder handelte nach seinen Fähigkeiten. Almut mit ihrer berühmten Sehbehinderung stellte oft, wenn sie emsig erscheinen wollte, leere Becksflaschen in den Kühlschrank, Karla konnte besonders starke Getränke mixen, Martin erfreute alle durch seine Tänze, Katja war spülsüchtig und verschwand immer wieder heimlich in der Küche, um Gläser sauber zu machen.

Ach, das waren Zeiten, was man alles vertragen hat! Sekt auf Eis hat man wie Wasser getrunken, dazu starke

Caipirinhas zum Wachbleiben, Freundschaftstequilas mit den Gästen, Wodka zum Anstoßen, und wenn die Maria unten zumachte und die Barleute nach oben kamen, Jägermeister zum langen Abschluss.

Manche Nächte waren so schön, dass man ganz traurig davon wurde.

Keiner wollte nach Hause, und jeder gab mit seiner Einsamkeit an. Jede Einzeleinsamkeit sollte noch bedrohlicher, noch existenzieller sein als die des anderen. Jeder stilisierte sich zum großen Einsamen, der nach solchen Nächten allein zu Hause saß, verzweifelte Mails schrieb und die Tastatur nass heulte. Aber irgendwann muss geschieden werden.

Der letzte Augenblick, dieses ratlos mit hochgezogenen Schultern im Morgengrauen stehen und frieren, die hässlichen Geräusche des Berufsverkehrs, gegenüber der ausgehöhlte Ostbahnhof. Und dann die rettende Idee, doch noch eine Verlängerung, doch noch zum Imbiss International am Rosenthaler Platz, doch noch ein Aufschieben der großen Traurigkeit, die über einen kommt, mit oder ohne Drogen. Diese Ernüchterung, die nach einer tollen Nacht noch viel schlimmer ist als nach einer mittelmäßigen.

Als hätte man für ein paar rauschhafte Stunden in einer Utopie gelebt.

Zu Hause, beim Ausziehen, entdeckte man blaue Flecken, Schnittverletzungen, Brandwunden, eine ausgewachsene Vergiftung war die Folge am nächsten Tag.

Keine der Mitarbeiterinnen wäre vor 18 Uhr in der Lage gewesen, auch nur einen Telefonhörer zu heben. Erst gegen 10 Uhr abends konnte man fernmündlich die Nachbesprechung erledigen:

»Ist dir auch so schlecht? Hab den ganzen Tag gekotzt und noch nicht geschlafen, hab so arg Herzklopfen immer noch … war aber schon gut gestern, hast du gesehen, der xy war da, die Band war schrecklich, der erste DJ auch, aber später, das war echt lustig, ich glaube xy ist mit xz gegangen, was haben wir eigentlich an Umsatz gemacht, was, so wenig? Es waren doch so viele leere Kisten, mir ist immer noch so arg schlecht, ich glaub, ich bleib jetzt erst mal zwei Tage zu Hause …«

So war das, aber das Nachtleben ist schließlich kein Vergnügungsbetrieb, es fordert seinen Tribut von jedem.

Aber viele einst nützliche Mitglieder der Ausgehgesellschaft bleiben auf der Strecke, von jeder nachgewachsenen Ausgehgeneration hört man nach ein paar Jährchen mäßig exzessiven Ausgehens dann immer wieder den dummen Satz: »Ach, ich gehe eigentlich gar nicht mehr aus.« Die Gründe für die neueste Innerlichkeit sind vielfältig: Weltekel, Finanznot, falsches Arbeitsethos, Kinder, neue Liebe, Depression, Lesewut, Stumpfheit. Gerade jungen Frauen wird oft der Freund zur Mobilitätsfalle. Während beide am Anfang der jungen Beziehung noch fleißig ausgehen, sich interessant geben und alles tun, um der üblichen Pärchenspießigkeit zu entgehen, ist es spätestens nach einem halben Jahr so weit: Das Duo ist sich selbst genug und genießt die schöne Wohnzimmereinrichtung. Da bewahrheitet sich immer das alte Sprichwort: Sitzt der Freund erst auf dem Sofa, hilft kein Auto und kein Mofa.

»Nun, deren Problem«, könnte man da achselzuckend denken, aber wir sind ja nicht alleine auf der Welt. Zum Ausgehen gehört nun einmal eine Begleitung, eine Clique, ein Gegenüber oder Nebendran. In Zeiten einer um sich greifenden Amüsementverweigerung gewinnt die altehrwürdige Institution der Stammkneipe wieder mehr Bedeutung. Zugegeben, das Wort Stammkneipe ist schrecklich und deshalb wollen wir es durch »Lieblingsbar« ersetzen.

Die Stammkneipe hat einen schlechten Ruf. Der Dorfmensch kennt natürlich noch die »Wirtschaft« mit dem Stammtisch als ruralen Unort, an dem sich stets die größten Deppen der Ortschaft versammelten. Dieser Tisch wurde oft durch eine plumpe Gravur im silbernen Gestänge oder die grob ins Holz geschnitzte Message »Da hocke die, die immer da hocke« kenntlich gemacht. Auch der Evergreen des Schlagersängers Peter Alexander hat zum ranzigen Ruf der Stammkneipe geführt:

»Die kleine Kneipe in unserer Straße / da wo das Leben noch lebenswert ist. / Die kleine Kneipe in unserer Straße / da fragt dich keiner, was du hast oder bist.«

Das hört sich alles nicht gut an. Der verfeinerte Großstadtmensch sieht sich doch lieber als Entdecker, als Connaisseur, der wissend durch die Straßen schweift, für den alles offen und der überall zu Hause ist. Und doch bietet die Stammkneipe so viele Vorteile: Der Einzelne ist nicht auf schwächelnde Freunde und faule Pärchen angewiesen, kann autonom erscheinen und wieder gehen und fühlt sich trotzdem in Gesellschaft.

Bobos in Berlin

Amerikanische Forscher haben gegen Ende des letzten Jahrhunderts einen neuen Menschenschlag entdeckt: den Bobo. Hierbei handelte es sich nicht etwa um eine Sekte, die den kecken Aargauer Dance-Popstar DJ Bobo zur Gottheit erhoben hat, oder um eine kindliche Sängerin, die »Bobo In White Wooden Houses« nacheifert. Auch »Bobo und die Hasenbande«, ein ergreifender Zeichentrickfilm über das Schicksal eines von einer herzlosen Familie ausgesetzten arg lieben Hundes, war nicht die Vorlage dieser neuen Wortschöpfung.

Bobo sollte um 1999 ein brandneues gesellschaftliches Phänomen bezeichnen, das, wie so vieles zuvor, zum ersten Mal in Amerika aufgetreten war. Bobo war die Abkürzung für Bourgeois-Bohemien. Bobos waren bürgerliche Szenemenschen, unkonventionelle Spießer. Das hört sich erst einmal recht konstruiert an. Um den Begriff zu verstehen, muss man sich von altem Ballast freimachen.

Hustete sich die traditionelle Boheme in Murger-Romanen, Puccini-Opern, Kaurismäki-Filmen und der Literatur des 19. Jahrhunderts noch an einer offenen Tb zu Tode oder suchte wegen steigender Lebensunterhaltskosten den Ausweg im Freitod, bleibt dies dem Bourgeois-Bohemien erspart.

Denn das Bürgerliche, Krankenversicherte, Konventionelle fügt der Bobo dem unbekümmerten Exzess- und Lotterleben hinzu.

Eine gelungenere Verschmelzung zweier Lebensentwürfe lässt sich kaum vorstellen. Die Losung lautet: Künstlerisches Laissez-faire trifft auf pflichtbewusste Systembestätigung.

Bobos sollten der neue Mittelstand werden. Bobos arbeiten hart, und sie verstehen es zu genießen, sagten die Forscher. Praktischerweise vereinen sie so Materialismus und Idealismus harmonisch miteinander, und so sollte es durch die Bobos bald auch keine sozialen Konflikte mehr auf der Welt geben.

Die warmherzigen Bobos sollten sogar die überstrapazierten kaltschnäuzigen Yuppies ablösen – die Generationen x, @, '89, '72 und »Golf« hatten sich soziologisch ja nie so richtig durchsetzen können.

Und gar nichts sprach ja dagegen, die jungen städtischen Professionellen in den wohlverdienten Ruhestand zu schicken.

Wie viele grauslige Innenausstattungsfilme hatte man schon über sie in kühl designten Lofts gedreht?

Wie oft hatte man das an sich schon unschöne Wort falsch geschrieben und mit dem Zusatz »Raus« und mehreren Ausrufezeichen an den Außenwänden italienischer Feinkostläden gesehen?

Das Wort Bobo ist allerdings auch kein schönes.

Die Assoziation mit »Popo« drängt sich zwangsläufig auf. Setzt man das Wörtchen »Berliner« davor, wird zwar eine Alliteration, aber noch kein elegantes Bonmot daraus.

Glaubt man den Amerikanern, so verdienen Bobos vor allem im Internet ihr vieles Geld, wollen aber trotzdem ihre verlotterte Kleidung nicht ablegen. Sie schwärmen für exotische Kaffeesorten, umweltverträgliche Zahnpasta, sauer und bitter schmeckende Salate und fahren im Urlaub nach Italien, um vergilbte Bauerngesichter zu bestaunen und Ziegenmilch in den Kaffee zu tun. Stumpfes Grau ist ihre Lieblingsfarbe.

Doch spätestens hier begann die ganze Bobo-Theorie bereits zu wackeln. Die Sorte gab es doch bei uns schon lange!

Sie hatten zwar weniger mit dem Internet zu tun, hießen dafür aber einfach »Lehrer« oder »Grüne«. Ein Kunstwort musste für sie nie geschaffen werden.

Die jungen, neuen Bobos waren in Berlin dann außerhalb der FAZ-Redaktion nicht sehr präsent – Feldstudien in der eigenen Umgebung konnten auch kein erhöhtes Bobo-Aufkommen registrieren.

In meinem Bekanntenkreis gab es zwar damals immer

mehr Leute, die im Café ihr weniges Geld ausgaben, aber durchs Internet reich geworden war bis dato keiner.

Die Leute arbeiteten nicht besonders hart, genossen aber schon sehr gerne. Sie gaben ihr Geld für Getränke und Taxifahrten aus und lebten in recht schmucklosen Wohnungen. Sie gingen gerne in schmuddelige Bars, in denen sie umsonst trinken konnten.

Saure Salate waren eher unbeliebt, Urlaub wurde last minute oder in interessant verfallenen Ostseebädern mit sozialistischem Restcharme gemacht.

Alles ist Arbeit in der Ausgehgesellschaft

Trotzdem geisterte das Bobo-Gespenst noch durch die ersten Jahre des neuen Jahrtausends und brachte schlimme Modeerscheinungen und Freizeitverirrungen wie den »After Work Club« mit sich.

After Work Clubs, das waren künstlich ins Leben gerufene, frühabendliche Weggehveranstaltungen für eben diese Zielgruppe Mensch, die eine tolle Karriere im Büro mit gemütlichem Bohemedasein und krassem Nachtleben zusammenbringen will. Dass sich diese Clubs nicht richtig durchsetzen konnten, verstand sich von selbst. Denn ein Nach-der-Arbeit-Club ist ein Paradoxon an sich: Ausgehen ist nämlich Arbeit, und ein Nach-der-Arbeit-Club wäre wörtlich genommen nur das eigene Schlafzimmer, Kissingen und Bettingen, wie man nicht nur im Badischen zu sagen pflegt.

Viel älter und lebensnaher sind dagegen die »Arbeitsclubs«. Sie entstanden wie vieles Sinnvolle in den achtziger Jahren in Berlin. Wie jeder weiß, wohnten damals nur zugezogene Drogensüchtige, Hausbesetzer, Wehrdienstflüchtlinge und Autonome in der Stadt. Das Leben war ein Fest, und Geld gab's in Hülle und Fülle. Die fotokopierte Broschüre »Lieber krankfeiern statt gesundschuften« erschien in vierzehnter Auflage. Die türkische Bevölkerung hielt den Laden versorgungstechnisch am Laufen. Damals entstand, recht organisch, das Phänomen »Arbeitsclub«.

Die Älteren erinnern sich heute noch gerne an die harten Jahre der Ausbildung im ex&pop und im Risiko: An das stundenlange Übersehenwerden von Szenebarkeepern und das wochenlange Ignoriertwerden von der lustigen Clique im Drogenraum. Ja, Lehrjahre sind keine Herrenjahre. Aber auch die Zeiten gingen vorbei, man arbeitete sich hoch und gehörte irgendwann dazu.

Als Mitglied der Ausgehgesellschaft war man nun verpflichtet, ein gewisses Arbeitspensum, eine Clubfrequentierungsfrequenz aufrechtzuerhalten. Auch wenn es einem manchmal sauer aufstieß, die gemütliche Wohnung zu verlassen und die weiten Wege auf sich zu nehmen – es musste sein, irgendjemand musste es ja machen.

Wie bei der rhythmischen Sportgymnastik oder am Reck ist es auch im »Arbeitsclub«: Was so leicht und beschwingt, ja fast spielerisch wirkt und nach Freizeit aussieht – das zwanglose Rumstehen und Reden mit einem Getränk in der einen Hand und der Zigarette locker in der anderen –, das alles setzt große Hingabe und eisernes Durchhaltevermögen voraus.

Zusätzliche Faktoren erschweren den Arbeitsalltag. Ist es leer im »Arbeitsclub«, wird es leicht eintönig, und je nach Stumpfheit oder Sprödigkeit des Gegenübers bleibt die ganze Konversationsarbeit an einem selbst hängen. Ist es nicht gedrängelt voll, ist es wiederum schwierig, unwillkommenen Gesprächspartnern aus dem Weg zu gehen. Da heißt es, alte Kulturtechniken anwenden: Naht ein unerwünschter Bekannter, muss man mit starrem und gleichzeitig traumverlorenem Blick einen imaginären Punkt so lange fixieren, bis sich die herannahende Nervensäge anderen Opfern zuwendet.

Sind zu viele Bekannte versammelt, wird das Ausgehen zur Schwerstarbeit. Wohin zuerst? Mit wem zuerst reden? Bestellt werden muss auch, und aufs Klo, und wer hat Zigaretten? Und wer hat vielleicht sonst noch was? Da heißt es, kühlen Kopf zu bewahren. Nebenbei müssen mühsam Rauschwerte angesammelt und kultiviert werden. Ein falsches Gespräch oder Musikstück kann schlagartig alles zerstören.

Es wird einem also nichts geschenkt im »Arbeitsclub«. Aber wie bei allen ehrenamtlichen Tätigkeiten ist auch hier der Gewinn ein ideeller. So ist und bleibt der »Arbeitsclub« ein ewiges Lavieren zwischen Laissez-faire und Savoir-vivre, zwischen »Pourquoi pas?« und »Rien ne va plus«.

Und manchmal gibt es ein kleines Déjà-vu.

Geld und Gefühl

Das neue Jahr 2002 begann ganz zäh. Schon am 31. Dezember waren sämtliche Silvestergefühle ausgeblieben, was ja eigentlich ein Vorteil ist. Denn wo keine Gefühle sind, kann auch keine große Silvesterdepression aufkommen.

So richteten sich alle emotionalen Erwartungen auf den 1. Januar, denn in einem stumpfen Leben in ereignisloser Umgebung kann sogar die Euroeinführung zum sinnlichen Erlebnis werden.

Aber der normale Mensch schläft allgemein und besonders am Neujahrstag recht lange – und wer schläft, kann kein Geld ausgeben und keine Euroerfahrung machen.

Am 1. Januar zog ich bei Einbruch der Dunkelheit vom Bett aufs Sofa um, die Berliner Abendschau zeigte Bilder vom Brandenburger Tor und von Warteschlangen an Geldautomaten. Aus Langeweile erfand ich ein kleines Orakelspiel: »Der Ort, an dem ich den ersten Euro bekomme, und die Person, von der ich ihn bekomme, werden mir Auskunft über das nächste Jahr geben.«

Ein äußerst sinnvolles Orakel, schließlich hängen Geld und Liebe eng zusammen, und die Währungsspezialisten befürchteten zu Recht, dass die Deutschen kein gefühlsgestütztes Verhältnis zur neuen Währung aufbauen könnten. Aber es dauerte noch eine Weile bis zu dem historischen Moment, an dem ich die großen Themenfelder Liebe und Euro im Orakel miteinander verknüpfen konnte.

Auf N3 kam »Vom Winde verweht«, und doch blieb ich seltsam ungerührt. Selbst als die kleine Bonnie wieder einmal tödlich vom Pony fiel und Rhett Buttler im Nebel verschwand, wollte sich bei mir keine rechte Sentimentalität einstellen. Sollte 2002 etwa das Jahr ohne Gefühle werden?

Später ging ich doch noch vor die Tür, hinaus ins neue Jahr, zum traditionellen Neujahrskonzert in die Volksbühne.

Dort spielten Die Sterne ihre neue Platte vor, die großen Empfindungen blieben aus, dafür kam beim Getränkekauf Spannung auf. Sollte das kurz angebundene, wohl seit Jahrzehnten bärbeißig aufeinander eingespielte Gastronomiepärchen mir die ersten Euros geben? Und würde das, was die Liebe im neuen Jahr betraf, auf das Festhalten an einer alten Geschichte statt den Aufbruch zu neuen Ufern hinweisen?

Aber ach! Das Orakel verweigerte sich.

Ich bestellte, wurde mit einem kurzen »Vier Euro!« angebellt, gab zehn Mark für ein Glas Sekt und bekam enttäuschenderweise auch zwei Markstücke zurück.

Also weiter. Im damals noch prachtvoll im Paillettenstil umgebauten ehemaligen Burger King am Rosenthaler Platz, heute das Oberholz und angeblich das Stammcafé der »digitalen Boheme« – wobei bei näherer Betrachtung dort nur Touristen sitzen und sinnlos googeln oder den Fahrplan der Deutschen Bahn studieren –, also dort, in der Dependance der berühmten Lesben- und Schwulenbar »Roses« den ersten Euro zu bekommen, hätte vielleicht als das lang ersehnte Ende der Heterosexualität 2002 interpretiert werden können. Aber auch hier Fehlanzeige.

Als ich schon aufgeben und den 1. Januar euro- und orakellos beenden wollte, passierte es.

Im bekannten Szene-Imbiss International am Rosenthaler Platz bezahlte ich eine türkische Pizza und hielt darauf tatsächlich das erste neue Geld in den Händen.

Was wollte das Orakel mir damit sagen? Die Situation war so: Reger Betrieb hinterm Tresen, fünf gut gelaunt arbeitende Männer mit turko-arabischem Migrationshintergrund, die gleichzeitig kassierten, sich unterhielten, Fleisch schabten und Pizzen dekorierten. Das konnte für das nächste Jahr nur die Renaissance des Kollektivs, die Rückbesinnung auf eine vernünftige Geschlechtertrennung und die einfachen Genüsse der Kreuzberger achtziger Jahre bedeuten!

Das Jahr lief einfach so weiter, die Orakelversprechungen traten erst einmal nicht ein. Man ging aus und verbrachte die Nächte im sinnlosen Taumel zwischen den altbekannten Läden, empfand gar keine rechte Freude dabei, wollte rauschende Ballnächte erleben und stand doch immer nur in irgendwelchen Kellern herum, bis eines Abends die leise Ahnung zur schmerzhaften Gewissheit wurde: Das Ausgehen ist in der Krise.

Aber jede Krise geht auch wieder zu Ende, und einige Zeit später kam es ausgerechnet im neuen Bankenautomatentempel der Sparkassenfiliale am Hackeschen Markt, in der sich heute bereits wieder ein Puma-Flagship-Store befindet, zu einem ganz außergewöhnlichen Ausgeherlebnis. Aus Umständen, auf die ich an dieser Stelle nicht näher eingehen kann, musste ich mit ein paar Freundinnen zwei Stunden in der Geldautomatenhalle verbringen, kurzum – es sollten Fotos für ein Musikmagazin gemacht werden. Zufällig hatten an diesem Abend alle Geldautomaten ihren Geist aufgegeben und verweigerten jede Auszahlung. Fassungslos standen die Mitmenschen mit ihren nutzlosen Plastikkarten vor den Schlitzmonitoren. Zuerst richteten sie sinnlos zerhackte Worte an sich selbst, dann schauten sie sich Hilfe suchend um, redeten mit anderen Automatenopfern, tauten auf. Immer mehr Leute kamen, stellten sich an, hofften auf Bares und wurden enttäuscht.

Eine angeborene Hilfsbereitschaft und Menschenliebe gebot es mir, die Eintretenden über die Vergeblichkeit ihres Vorhabens zu informieren. Ich hielt das für meine Pflicht, zumal einige bereits fünf Minuten Lebenszeit an den komplizierten Öffnungsmechanismus der Eingangstür (Kontrollgesellschaft!) verschleudert hatten. Die meisten glaubten mir nicht, probierten alle fünf Automaten durch, die ganz Peniblen auch noch die vier Kontoauszugdrucker, und schlichen gesenkten Hauptes wieder hinaus. Andere stellten sich hin und warteten ab.

»Geld! Ich brauche Geld, was bin ich ohne Geld!«, entfuhr es einem in mitternachtsblaues Kammgarn gekleideten Old-Economy-Typen in gespielter Verzweiflung. Betroffene pflichteten ihm bei, Neuankömmlinge behaupteten, am Potsdamer Platz sei es ähnlich, die ganze Stadt sei ohne Geld. Hysterie und Verzweiflung mischten sich, Menschen sprachen in Zungen zueinander, philosophierten über Ökonomie, Glück und Leben, verfluchten das System und kamen sich näher. »So fangen Volksaufstände an!«, durchfuhr es mich, zugegebenermaßen etwas überstürzt, in vorrevolutionärer Erregung.

Die altmodisch-futuristischen Überwachungskameras gaben dem Szenario den Schmelz des Verbotenen – als stünde in der Sparkassenordnung, dass man sein Geld ganz leise und heimlich abholen muss. Jedenfalls lag eine fröhlich-anarchistische Erster-Mai-Stimmung über dem Vorraum der Sparkassenfiliale. Eine Freundin tauschte Telefonnummern mit einem sympathisch wirkenden Slackertypen aus, eine zweite hatte sich schon für den nächsten Tag mit einem frisch kennengelernten Künstler verabredet.

»Mein Gott«, dachte ich, und die dritte Freundin sprach

es aus: »Wochenlang geht man aus, nix passiert, dabei ist es so einfach. Stell dich einfach zwei Stunden neben einen Geldautomaten!« Warum auch nicht, wir leben in einer Warenwelt. Was liegt da näher, als neben der Geldmaschine die ersten zärtlichen Bande zu knüpfen?

Einer jungen Hip-Hop-Gang verweigerte sich der Automat ebenfalls. Zaghaft riefen sie provokante Worte in englischer Sprache in den Raum, bevor sie sich in jugendlicher Straßenbandenformation wieder die Rosenthaler Straße hinuntertrollten. Später wurde es noch felliniesk: Verrückte Clowns mit großen Nasen und lila Perücken stürmten in übertriebenen Zeitlupenbewegungen durch die Glastür. »Crazy Berlin!« musste ich wieder ein ums andere Mal denken, und das Empfinden der Schönheit des Lebens in der Stadt rieselte mir angenehm den Rücken herunter. Die Krise des Ausgehens war überwunden.

Ist das noch Boheme oder schon die Unterschicht?

Intelligent ausgehen

Rückblickend betrachtet, hat eigentlich mit der Euroumstellung das Bewusstsein um die eigene Prekarisierung begonnen. Die Statistik hat es ja früh bewiesen: Vor allem lebenslustige Menschen, die viel ausgehen und gerne Getränke und Speisen außer Haus verzehren, sind die Verlierer der neuen Währung.

Der Finanzminister empfahl damals zwar, sogenannte »Euroabzocker« zu boykottieren, aber wie soll das in unserem empfindlichen, fein verästelten Ausgeh-Mikrokosmos gehen?

Wie so oft, war auch in diesem Punkt früher alles besser: Fast jeder betrieb zumindest einmal die Woche einen Club, eine als Galerie getarnte Bar oder sonst eine Kaschemme, reihum besuchte man sich an den restlichen Wochentagen, und jeder trank bei jedem umsonst.

So kam es, dass man fürs Trinken praktisch null Ausgaben hatte, als Barbetreiberin natürlich auch nichts verdiente, aber alles glich sich auf schönste Weise aus. Alle waren immer überall und keiner musste bezahlen.

Heute sieht das leider ganz anders aus, die Gastronomie hat sich professionalisiert.

Einfach weniger trinken kann ja wohl kaum die Alternative sein, und der Notbehelf aus Jugendzeiten – Plastiktüten mit im Supermarkt erstandenen Getränken in die Disco zu schmuggeln – wirkt bei über achtzehnjährigen doch irgendwie armselig. Auch das sogenannte »Vorglühen«, das Konsumieren geistiger Getränke zu Hause, um dann mit einem gewissen Grundlevel in den Abend zu gehen und Kosten zu sparen, kann leicht nach hinten losgehen. Doch, wie soll man weiter prima leben und sparen? Da bleiben nur die Alternativen Zuhausebleiben oder intelligenter Ausgehen. Beim intelligenten Ausgehen steht die schonungslose Selbstbefragung am Anfang:

Will ich heute Abend wirklich diese anstrengende Band, diesen DJ, den keiner kennt, sehen?

Will ich wirklich Eintritt bezahlen, um in einem stickigen Raum zu stehen und ungekühlte, schlecht eingeschenkte, überteuerte Getränke zu konsumieren? Ist die Antwort »nein«, geht die Selbsterforschung weiter. Auf was kommt es mir eigentlich an? Aufs rausgehen, auf der Straße rumstehen, Leute treffen, reden.

Da bietet der Sommer Alternativen genug.

Erinnern wir uns doch der alten Weisheit, die besagt, dass das Davorstehen das eigentliche Ausgehen ist. Neben jedem tollen Underground-Club, Elektrolädchen und

Rockkeller unserer Stadt gibt es einen Imbiss, ein vereinsamtes kubanisches Weinlokal oder eine Absturzkneipe. Dort kann man sich niederlassen und beweisen, wie der Mensch, der sich selbst genug ist, überall Szene erschafft, ohne auf Szenelocations angewiesen zu sein.

Man bestellt, begrüßt die Vorbeigehenden, manch einer gesellt sich zu einem. Die Frühheimkehrer erzählen, wie das Konzert, der DJ, die Installation war, und so hat man den ganzen Abend en passant alles erfahren, war unter Menschen und hat nichts versäumt.

Wer bei illegalen Rauschmitteln den Gürtel nicht enger schnallen will, sollte die Möglichkeit der Sammelbestellung oder die Vorteile der Einkaufskooperativen nutzen.

Mit einem freundlichen: »Hast du mal eine Zigarette, meine Schachtel steckt noch im Automaten«, lässt sich auch manch unnötige Nikotinausgabe einsparen.

Wer aber noch mehr sparen und noch intelligenter ausgehen will, sollte zu Hause bleiben. Denn wer fern sieht, ist niemals allein, und vor allem die täglichen Serien können unseren leeren Tagen Sinn und Form geben, das Ausgehen überflüssig machen.

Bis 17.30 Uhr muss man sich noch irgendwie selbst beschäftigen: Lange schlafen, ewig Kaffee trinken, vielleicht einen kleinen Einkauf tätigen, irgendwo wieder Kaffee trinken und Zeitung lesen. Dann den Fernseher einschalten.

Zuerst kommt das Boulevardmagazin »Brisant«, danach »Verbotene Liebe«, dicht gefolgt von »Marienhof«. Nach einer kleinen Vesperpause informiert auf RTL »Explosiv«, bald aber ruft das Dritte zur »Berliner Abendschau«, um 19.40 Uhr geht's wieder zu RTL: »GZSZ« wartet.

Dann ist es auch schon 20.15 Uhr, und irgendein Film läuft immer irgendwo.

Nun höre ich schon Stimmen, die sagen: Das ist doch kein Leben! Man muss doch raus, in die tollen Clubs unserer glitzernden Metropole, die niemals schläft! Nun, das Nachtleben findet ja überall statt, nicht nur draußen. Wozu also durchs schwitzige Berlin irren, wenn in den Serien doch so bequem mitgelebt und mit ausgegangen werden kann.

In »Verbotene Liebe« zum Beispiel treffen sich Manager und Galeristen gerne im Schneiders, dem Edelbistro der glücklos männersuchenden Wirtin Charly Schneider. Wem das zu steif ist, der kann ins No Limits gehen. Dort geht es, seit Gregor und Sarah in der Pension wohnen und Leonard von Lahnstein langsam über den Tod von Cecilie de Maron, seine Tablettensucht und die amour fou zu seiner Halbschwester Sarah hinwegkommt, auch wieder lustiger zu. Die Tresencrew ist fast ein Kollektiv, es läuft oft Tocotronic oder Robbie Williams, man frühstückt lange und trinkt Cocktails.

Noch größer ist das gastronomische Angebot im »Marienhof«, dort werden im Wilden Mann gutbürgerliche und italienische Gerichte serviert. Die WG trifft sich zum Billardspielen, und das burleske Treiben der italienischen Wirtsfamilie Maldini sorgt immer für Unterhaltung.

Zum Tanzen geht's dann ins Foxy. Dort finden grundsätzlich Achtziger-Jahre-Partys statt, wenn nicht gerade Serienprotagonisten selbstverfasste Liebeslieder vorsingen. Mehr passiert doch im Rio oder im White Trash auch nicht, sind wir doch mal ehrlich!

Auch in »GZSZ« fährt man die gastronomische Doppelschiene Edelrestaurant-Szenelocation.

Im Fasan, dem Feinschmeckerlokal des windigen Rechtsanwalts Dr. Gerner, werden Intrigen gesponnen, Hochzeiten gefeiert oder Benefizveranstaltungen für Alphabetisierungs-Vereine abgehalten. Dort geht man mit der Zeit, ist vor Jahren bereits nach Berlin-Mitte zum Gendarmenmarkt gezogen und hat das Restaurant um eine Lounge, das Bluebird, erweitert.

Seit das Daniels anlässlich Leons und Coras Hochzeitsfeier in Flammen aufging, trifft sich die Großstadtboheme im orientalisch geprägten Coffee-Shop Mokka oder dem halbillegalen Sonic und tanzt, große Cocktailgläser in der Hand, zu gefährlichen Technobeats.

Am wenigsten interessant ist das Ausgehen immer noch in der »Lindenstraße«. Der ewige Serien-Hangout Akropolis hat seit ewiger Zeit nichts wirklich Neues zu bieten, außer dass vor zehn Jahren die Berliner Lemonbabys dort spielten. Auch das Café Bayer, das Eiscafé von Paolos Tochter, und Olaf Klings Wurstimbiss sind keine echten Szenetreffs. Aber was erwartet man, in den Serien ist alles wie im richtigen Leben, und die »Lindenstraße« spielt schließlich in München.

Grundsätzlich ist das Ausgehen in den Serien mindestens genauso ergiebig wie das in Berlin. Außerdem spart man Lebensenergie und das Geld für Getränke und Taxis.

Die Sommerfrische

Wer prekär lebt, muss sich nicht mit der Frage »Wohin in den Urlaub?« belasten. Da in der existierenden Klassengesellschaft auch heute noch Menschen gleichen Standes und Einkommens meistens unter sich bleiben, kennt man natürlich keinen, der einen ins Sommerhaus auf Ibiza oder Palma oder in die leere Wohnung nach Rio de Janeiro einladen würde.

Aber während der gebürtige Berliner in diesem Fall den Sommer notgedrungen »uff Balkonien« verbringt, hat der Ex-Landmensch auch hier einen Vorteil: Er kann im Sommer einfach zurück in die alte Heimat, in die Sommerfrische, fahren. Die Sommerfrische ist ein Phänomen, das man ja aus Berichten über Paris kennt: Im Sommer sei die Stadt ausgestorben, weil ihre Bewohner der Hitze entfliehen und die warmen Monate auf dem Land verbrächten.

Was in der Seine-Metropole gang und gäbe ist, kann auch für Spree-Athener nicht verkehrt sein, dachte ich schon in jungen Jahren und breche seither jeden Sommer auf, weg von Berliner Traufhöhen-Tristesse und Ozonalarm, ins schöne Baden.

Allerdings kann auch im Kalifornien Deutschlands die Sommerfrische mitunter fast zu frisch ausfallen: Wenn es kühl ist und dauernd regnet, sieht sich der Sommerfrischler gezwungen, statt des erwarteten Baggersee-Hoppings und Chillens am Altrhein sogenannte Oma-Ausflüge zu unternehmen.

Das geht so: Mit dem Auto stundenlang im Gebirge rumfahren, Schwarzwaldhochstraße kurz aussteigen, eine Runde in Sprühregen und Hochnebel um den Mummelsee oder ums alte Schloss, bei aufkommendem Unwetter sofort ins nächste Café, Kännchen Kaffee und Schwarzwälder Kirschtorte, und im Bindfadenregen wieder nach Hause.

Wenn die Sommerfreuden nur sporadisch auftreten, kann man immer noch ethnographische Studien betreiben, also die neuen Sitten und Gebräuche der Eingeborenen studieren.

In der oberrheinischen Tiefebene zum Beispiel trifft sich die badische Dorfjugend mit den spätausgesiedelten Jugendlichen, von spitzen Zungen Russenmafia genannt, gerne in Holzbaracken namens Europool. Das ist immer ein großes Hallo und freundliches Rumgeschubse, und man hält sich auch nicht mit der Bestellung von Einzelgetränken auf, sondern ordert ganze »Bretter«.

Das »Brett« ist ein einen Meter langes Sperrholzstück

mit sechs großen und sechs kleinen sauber ausgesägten Löchern. In das große Loch passt ein Bier-, ins kleine ein Schnapsglas. Im »10 000-Volt Brett« stehen zum Beispiel sechs Pils, fünf Maracuja-Likör, fünf Grüne Banane und ein Pina-Colada (2 cl). Beliebt sind auch das Schluckspecht- und das Absturzbrett, Bier wird grundsätzlich meterweise bestellt. Und ohne jetzt das jugendliche Komasaufen allzu salonfähig machen zu wollen, würde eine etwas laszivere Trinkkultur nicht ein bisschen Bewegung in die abgeschlaffte, verzärtelte Berliner Ausgehgesellschaft bringen?

Natürlich sind die Abende im Vergleich zu Berlin ein wenig glanzlos. Kulturell wird in der Sommerfrische wenig geboten, dafür sind die Einkaufsmöglichkeiten tagsüber gut. Einheimische Frauen um die dreißig verbringen hier ihre Freizeit nicht mit Milchkaffee trinken und Aufmunterungskäufen bei H&M oder in Schuhgeschäften, sie sind eher bei Fliesenshows und in der Laminat-Abteilung der Baumärkte anzutreffen.

Auch in der Provinz hat die Globalisierung längst zugeschlagen. Am Erländer See, zuvor ein Badesee mit schrulligem Rentnerpärchen als Kioskbetreiber, gibt es jetzt die Moskito-Bar: Latte macchiato, Fingerfood und Chicken Wings zu Berlin-Mitte-Preisen statt Straßburger Wurstsalat und Vesperplatte.

In Baden-Baden wiederum konnte man die Auswirkungen einer überalterten Gesellschaft lange vor ihrer demographischen Entdeckung studieren.

Kaum vorwärts kommt man in dem sympathischen Weltbad, ständig schlendern agile Neunzigjährige in Goldsandaletten vor einem her, und das alte, etwas ageistische Bonmot »Von hinten Lyzeum, von vorne Museum« findet hier seine treffende Anwendung. Bei Sonnenschein werden die Designertaschen ausgeführt und auf den Stühlen der vielen italienischen Eiscafés, zwischen blühenden Oleanderbäumen, die der Stadt ein südliches Flair geben, abgestellt. Selbst die Obdachlosen sitzen gut gelaunt und manierlich gekleidet mit originellen Jägerhüten in den gepflegten Parkanlagen und singen fröhliche Lieder.

Die Freundlichkeit der Bedienungen treibt einem das Wasser in die Augen. In Baden-Baden ist der Milchkaffee schon fast ausgetrunken und bezahlt, da hätte man in Berlin noch nicht einmal Blickkontakt aufgenommen, säße immer noch in der leicht gebückten Demutshaltung am Tisch, leise winselnd: »Entschuldigung, könnte ich vielleicht bitte …?«

Bei diesen Gedanken stellt sich dann doch ein wenig Heimweh nach Berlin ein.

Das Leben der Lo-Fi-Boheme

Es ist doch seltsam, dass im Fernsehen und Radio immer noch »einen schönen Feierabend« gewünscht wird, dass die Nachrichtensprecher nach einem Wochenende den kollektiven Beginn der Arbeitswoche ankündigen, obwohl kaum noch jemand regelmäßig arbeitet.

Aber je weniger gearbeitet wird, desto mehr muss Arbeit simuliert werden, muss man wenigstens so tun, als ob man schwer beschäftigt wäre. Da kann man Menschen ganz schön verunsichern, wenn man bei Terminabsprachen freimütig versichert, immer Zeit zu haben.

Seit es in weiten Bevölkerungskreisen schick geworden ist, stets gehetzt zu wirken und Vollbeschäftigung vorzutäuschen, hat der Müßiggang ein Imageproblem. Dabei gibt es doch immer mehr Unbeschäftigte, Unterbeschäftigte, Nicht-Arbeitsuchende, Leute, die einfach viel Zeit haben. Das sind wir. Wir gehören nicht zu den glücklichen Arbeitslosen, denn wir sind ja nicht arbeitslos im eigentlichen Sinne. Wir haben keine Erwerbsbiographie, waren fast nie irgendwo angemeldet, haben keinen Anspruch auf Arbeitslosengeld, Arbeitslosenhilfe, Umschulungen, Weiterbildungsmaßnahmen, ABM, Kombilohn – wir kommen in keiner Statistik vor.

Auf wundersame Weise schlagen wir uns seit vielen Jahren als Freelance-Proletarier irgendwie durchs Leben und gehören nun einer niedrigschwelligen, leicht verarmten Großstadtboheme an. Die Old und New Economy, die Erlebnis- und Dienstleistungsgesellschaft ging irgendwie an uns vorüber, Ich-AG- und Prekarisierungsdebatte sind für uns ein alter Hut.

Die beständige Unsicherheit unserer Lebensverhältnisse war lange Zeit kein Thema: Niemand sprach gerne über die zeitweilig desolate Lage, was bisweilen das Gefühl hervorrief, es als Einzige nicht richtig hinzukriegen. Erst durch den Modebegriff der Prekarisierung wurde das Durchwursteln öffentlich.

Inzwischen ist es aber in gewissen Kreisen fast schick geworden, prekarisiert zu sein. Alle wollen dazugehören und downsizen ihr Einkommen, klagen, dass Immobilien verkauft werden müssten, wenn es so weiterginge – arme Millionäre, wohin man schaut.

Dabei taugt der Prekarisierungsbegriff gar nicht für die Beschreibung unterschiedlicher Lebensentwürfe und ökonomischer Bedingungen. Lieber sollte man mal wieder über Klassenfragen diskutieren, aber das würde einigen Prekarisierten dann doch zu weit gehen. Denn letztendlich werden die meisten der zur Zeit unterbeschäftigten Jungakademiker und Medienschaffenden ja doch noch ihren Platz in der Gesellschaft finden.

Die Low-Fidelity-Boheme gab es schon vor dem Prekariat und es wird sie auch hinterher wieder geben. Unsere bewährte Devise heißt »prima leben und sparen«, sich durchschlagen, ohne sich allzu sehr anstrengen und verstellen zu müssen. Wir sind nicht Lo-Fi, weil wir den Anschluss verloren hätten oder wegen der Entwicklung auf dem Arbeitsmarkt, wir sind Bohemiens geworden, um nicht arbeiten gehen zu müssen.

Und so ist das Leben der Boheme oft ein wenig langweilig, die Tage ziehen sich. Lange schlafen, ewig Zeitung lesen, immer wieder Kaffee trinken, am Schreibtisch sitzen, in der Wohnung umhergehen, aus dem Fenster sehen, die Nachbarn beobachten, gewissenhaft alle Fernsehserien analysieren, zwanghaftes Flanieren und endloses Sitzen in den immergleichen Cafés.

Die Nächte ein ewiges Ins-Kino-Gehen, Was-Trinken-Gehen, Auf-Konzerte-Gehen, In-Clubs-Gehen, Auf-Partys-Gehen, Nach-Hause-Gehen. Der Menschenschlag, dem wir angehören, ist nun mal für ein eher kontemplatives Dasein geschaffen. Das kann langweilig, zugleich aber auch sehr anstrengend sein, denn alles, was wir tun, ist gleichzeitig hochspezialisierte Arbeit: Sich informieren, schreiben, Projekte machen, Kultur schaffen, vernetzen, eine Band haben, Kinder großziehen, ausgehen. Bezahlt wird das natürlich nicht.

Wir müssen Erlebnisse haben, um sie verwerten zu können, Demütigungen erleben, um daran zu wachsen, zwischenmenschliche Schwierigkeiten überwinden, um soziale Kompetenz anzuhäufen. Diese Anstrengungen werden von unserer leistungsorientierten Gesellschaft natürlich nicht honoriert.

Währt aber eine Phase der Unterbeschäftigung zu lange und wird nicht durch innere oder äußere Aktivitätsschübe unterbrochen, kann es auch in der Boheme leicht zum gefürchteten Unterforderungs-Burn-out kommen. Der Unterforderungs-Burn-out, der Boreout, zeigt die gleichen schrecklichen Symptome wie der bekanntere Überforderungs-Burn-out.

»Ist das noch Boheme oder schon Unterschicht?«, fragt man sich dann, wenn die eigenen TV-Gewohnheiten plötzlich denen der verkommenen Nachbarschaft gleichen, wenn man mit ähnlich trübem Blick bei Aldi in der Schlange steht oder dem ungläubigen Krankenkassenangestellten umständlich erklären muss, wie man von einem so unregelmäßigen Einkommen überhaupt leben kann.

Kennen Sie den?

Kommt eine Musikerin zum Arzt. Sagt der Arzt: »Ich habe eine schlechte Nachricht für Sie. Sie haben nur noch zwei Wochen zu leben.« Ruft die Musikerin erbost: »Und wovon bitte?!«

»Ein Leben ohne Musik ist ein Irrtum« – dieses Bonmot geht auf Friedrich Nietzsche zurück. »Kann sein, aber die Annahme, von Musik leben zu können, ist auch ein Irrtum«, antworten da die Musikerinnen. Aber was soll's! Solange man sich den nachmittäglichen Latte macchiato und abends den Sekt auf Eis noch leisten kann, darf man nicht jammern.

Dafür führen wir doch ein herrliches Leben! Früh aufstehen müssen ist Geschichte, wir können unter der Woche lange ausgehen, und am Wochenende, wenn sonst alle unterwegs sind, zu Hause bleiben. Wir haben viel Zeit zum Nachdenken, Lesen, Liegen, Flanieren und Telefonieren. Wir sind frei und ungebunden. Und überflüssige Dinge wie Urlaub in Fernost, exotische Städtereisen, Rücklagen fürs Alter, Zentralheizung, Berufsunfähigkeitsversicherungen, Fitness-Abos, Hobbys und Markenkleidung brauchen letztendlich doch nur die Spießer!

Um aber unabhängig von Transferleistungen zu bleiben und den Unterforderungs-Burn-out in Grenzen zu halten, empfiehlt es sich für den freiberuflichen Bohemien, einen ausgewogenen Jobcocktail zu mixen.

Dieser Jobcocktail sollte sich zusammensetzen aus 50 % künstlerischer, also unbezahlter Arbeit wie etwa die eigene Band, das Kunstprojekt, die Ahnenforschung, aus 25 % freiberuflicher, kaum vergüteter Tätigkeit bei einer kulturellen Institution und, um den Anschluss ans wahre Leben nicht zu verlieren, aus 25 % tatsächlich bezahlter Arbeit den sogenannten Brotjobs, idealerweise im bohemien-alternativen-popkulturellen Umfeld: Tippen, Kinokarten verkaufen, Gästelisten überwachen, Türstehen, Getränke verkaufen, Ladenhilfe.

Während vor zwei Jahrzehnten noch das Gespenst der entfremdeten Arbeit herumgeisterte – wie schlimm, den ganzen Tag im Büro zu sitzen! –, träumt der Lo-Fi-Bohemien heute hin und wieder von einer relativ stumpfen, vielleicht leicht ordnenden oder überwachenden Tätigkeit als Erholung von der ständigen Zwangskreativität. In sehr dunklen Momenten kann es sogar dazu kommen, dass plötzlich eine von außen aufgezwungene Struktur, ein Grund morgens aufzustehen, als wohltuend empfunden und herbeigesehnt wird. Aber es gibt Schlimmeres, und es geht auch schnell vorbei.

Die Boheme ist kein klassenfreier Raum, auch in unseren müßiggängerischen Zirkeln gibt es die feinen Unterschiede, lohnt es sich, einmal ganz genau nachzufragen, wovon die Leute wirklich leben. Denn auch die Business-Class-Bohemiens können nicht hexen, hinter ihrer Sorglosigkeit steckt dann doch oft die Immobilie, der Börsengewinn, das Erbe, die Eltern.

Doch wünschen wir uns nicht alle hin und wieder, irgendeine liebe Institution würde uns eine bescheidene, aber ausreichende monatliche Apanage überweisen, eine kleine Anerkennung für unsere Kulturleistungen, unsere Werke, unser Dasein?

Aber bis dahin bleibt uns als Gegenwart und Zukunft der Arbeit eben der Jobcocktail – glückliche Teilzeit. Sommerhaus später, Callcenter jetzt.

Altersbewegungen

Wir leben in einer seltsamen Zwischenzeit. Schon seit einer Weile gibt es keine neue Jugendkultur, keine neuen Moden, keine Trends. Die Jugendlichen geben sich immer noch dem bewährten Komasaufen hin, die Erwachsenen freuen sich immer noch am Punk Revival. Da aber Rumschreien, Bier verspritzen und in Alkohollachen fallen auf Dauer zu anstrengend ist, sollten gerade die Älteren nach Alternativen suchen.

Wahres Leben findet man doch eher an den Rändern. Wer in einer Freitag- oder Samstagnacht schon etwas müde ist und das Gefühl hat, noch nicht so richtig was erlebt zu haben, der sollte zum Luxa-Imbiss am Rosa-Luxemburg-Platz gehen. In einer ehemaligen Cocktailbar in der Torstraße haben sich hier die früher in der benachbarten Outdoor-Area tätigen kurdischen Gastronomen eingerichtet.

Hier herrscht ein reges Treiben, man fragt sich, wo all

diese Gestalten herkommen, denn selbst das White Trash, die 8-mm-Bar und das Kaffee Burger zusammen können diesen Menschendurchlauf nicht hervorgerufen haben.

Sehr schön ist es anzusehen, wie praktisch alle mehr oder weniger betrunken hereinstolpern und sich verschiedenster Strategien bedienen, um ihre Gangstörungen und körpereigenen Schwankungen auszugleichen. Die Gruften vom benachbarten Cathedral mit ihren schwarzen Lippen und verdornten Augen sind ernst und bleich, sie können ihr Betrunkensein unter ihren dunklen Mänteln sehr gut als gothictypische, hospitalistische Tanzbewegung kaschieren. Schwerer haben es da die noch so halb seriös wirkenden Midlifecrisismänner, die sich, aufrecht wie ein Kapitän bei schwerem Seegang, an der Imbisstheke festhalten, während der typisch entgleiste Gesichtsausdruck doch sowieso schon alles verrät.

Spanische Touristinnen tanzen ein bisschen auf der Stelle, recht körperbetont gekleidete Mädchen schwirren im Viertelstundentakt herein, um nach einem gewissen »Schatzi« hinterm Tresen zu schauen, dazu hört man palästinensischen Crossover-Hip-Hop und Hisbollah-Ambient. Und dann, wenn alles plötzlich doch wieder recht normal scheint, reißen lange Gestalten mit Hühnermasken und Plastikdolchen die Tür auf, stürmen zum Tresen und mischen den Laden spaßeshalber ein bisschen auf.

Alles wirkt so lebendig, und plötzlich denkt man: Es ist doch nicht alles schlecht in Berlin.

Die Kleider muss man nach so einer Luxa-Nacht leider

wegwerfen oder in mehreren Intensiv-Waschgängen geruchsneutralisieren, aber was soll's?

»Umsonst ist der Tod, und der kostet das Leben«, heißt es ja so schön in einem badisch-existenzialistischen Sprichwort.

Aber vor dem Tod kommt ja im Normalfall das Alter. Und auch der ältere Mensch will ausgehen – aber wohin?

Und siehe: Gab es nicht – einst als andere Seite des drogenaffinen Punk – die sogenannte Straight-Edge-Bewegung? Sie entstand Ende der 70er Jahre in den USA und hat angeblich ihren Ursprung in sogenannten All-Ages-Veranstaltungen. Diese Partys und Konzerte durften auch von Jugendlichen unter 21 Jahren besucht werden, man malte ihnen aber ein X auf den Handrücken, um sie vom Alkoholausschank auszuschließen.

Aus Solidarität mit den so gebrandmarkten Jugendlichen entschlossen sich dann ganz liebe Punkbands wie Minor Threat ebenfalls auf Alkohol zu verzichten und entwickelten nebenher eine eigene Philosophie: Der Mensch soll Kontrolle über sich behalten und sich der Wirklichkeit stellen. Dazu gehört der recht anstrengende Musikstil Hardcore. Straight Edge heißt also Verzicht auf jegliche Drogen, keine Promiskuität und vegetarische/vegane Ernährung.

Die Vorteile der Straight-Edge-Bewegung liegen damit auf der Hand. Sie eignet sich nämlich nicht nur als Jugendbewegung, sondern auch als Altersbewegung. Jeder über dreißig hat doch am eigenen Leib schon erfahren müssen, wie die Kondition nachlässt, wie nach jeder durchgemachten Nacht immer längere Ruhephasen nötig sind. Es gibt Leute unter vierzig, die sich nach einem durchschnittlichen Exzess bereits zwei ganze Tage liegend erholen müssen. Da ist doch Straight-Edge viel angenehmer für den Körper! Und warum hören denn wohl alle älteren Rockstars mit dem Saufen und den Drogen auf und fangen mit Yoga an? Nun wird hier der eine oder andere einwenden, dass ein Straight-Edge-Leben zwar gesünder, aber auch unendlich viel langweiliger sei. Das stimmt natürlich zuerst einmal.

Aber wer sagt denn, dass man die Straight-Edge-Regeln hundertprozentig anwenden muss?

Zum Einstieg bietet sich ein Straight Edge light an:

Auf Drogen verzichten fällt nicht schwer, wenn man zum Beispiel den Lieferanten nicht erreichen kann oder kein Geld hat. Der ganze Beschaffungsstress entfällt. Das gilt auch fürs Zigarettenrauchen. Schluss mit dem ewigen Betteln und Schnorren, dem Suchen nach Kleingeld für den Automaten, dem schlimmen Teppichgeschmack am Tag danach!

Wer einige Zeit auf Alkohol verzichtet, kann interessante Beobachtungen an sich selbst machen.

Plötzlich reicht eine milde Weißweinschorle aus, um in Stimmung zu kommen, und nach zwei Schorlen ist bereits das wohlige Gefühl der leichten Trunkenheit erreicht. Was das Geld spart!

Wer sich aber da immer mehr steigert und nach einem

Ausgehabend 23 Weißweinschorle intus hat, kann nicht mehr ernsthaft als Straight Edge gelten.

Auch das Vegetarismusgebot muss nicht allzu streng angewendet werden.

Der Vegetarismus gehört ja in vielen Zirkeln schon zum guten Ton: Der Metrovegetarier zum Beispiel meidet die Schlachtplatte, ernährt sich von Obst und Gemüse, verspeist aber zu besonderen Gelegenheiten schon mal ein Wiener Schnitzel oder ein saftiges Steak.

Das »don't fuck around«-Gebot bezog sich ursprünglich auf das triebgesteuerte Collegeboy-Gehabe und wurde ins Deutsche etwas zu streng mit »Verbot der Promiskuität« übersetzt.

Auch das sollte uns nicht von Straight Edge abhalten. Denn wenn wir uns umschauen, so hält sich doch sowieso fast jeder, mancher auch unfreiwillig, schon recht lange an dieses Gebot.

Wenn uns eines Tages selbst das Straigth-Edge-Leben zu anstrengend wird, ist es Zeit, sich mit dem Thema »Ausgehen im Herbst des Lebens« zu beschäftigen. Denn seit einigen Jahren ist es nun erwiesen: Der Mensch, die Gesellschaft an sich, wir alle werden immer älter!

Deshalb ist es nicht verkehrt, wenn wir uns jetzt schon für die Ausgeh- und Lebenspraxis unserer alten Mitbürger interessieren, um uns langsam einzugewöhnen. Und was könnte dazu besser dienen als ein Krankenhausbesuch! Denn alte Menschen verbringen traditionell den Sonntagnachmittag damit, andere Alte im Krankenhaus zu besuchen. Das Krankenhaus ist praktisch der Club des Alters.

Wen nun eine interessante Krankheit oder ein folgenschwerer Unfall in diese andere Welt führt, sollte also nicht jammern, sondern sich glücklich schätzen, wichtige Erfahrungen für später machen zu können. Jedes Krankenhaus ist anders, sei dem Anfänger gesagt, aber die Seele jedes Krankenhauses, der Treffpunkt und Hotspot, ist überall die meist im Erdgeschoss gelegene Cafeteria.

Doch mit den uns vertrauten Szenecafés hat die Krankenhaus-Cafeteria nicht viel gemein.

Die Cafeteria ist hässlich und multifunktional: Hier stopfen sich die der Krankenhausschonkost überdrüssigen Patienten mit Buletten, Würsten und Mayonnaise voll, hier werden in munteren Rentnerzirkeln Tortenstücke verladen und Patientenverfügungen diskutiert, hier ist pralles Leben, weitab von unseren üblichen Lebensmittelpunkten.

Die Teilhabe an dieser anderen Kultur scheint zunächst nicht ganz einfach, da heißt es für die verzärtelte Generation Latte macchiato sich tüchtig umgewöhnen!

Die großstädtische Café-Revolution hat in den Kliniken noch nicht stattgefunden, und wer hier überleben will, muss sich anpassen. Die erste wichtige Regel lautet: In der Krankenhaus-Cafeteria immer nur Filterkaffee bestellen! Alles andere ist ungenießbar.

Denn hier wird der Cappuccino noch mit Sprühsahne serviert oder brodelt, wie andere neumodische Kaffeespezialitäten, direkt als übersüßte Pulversuppe aus dem Jacobs-Automaten.

Lokale Unterschiede mag es in allen anderen Bereichen geben, aber diese Kaffee-Grundregel gilt vom Urban-Krankenhaus bis zur Charité, vom Klinikum Neukölln bis zum DRK-Westend.

Da muss sich natürlich noch einiges ändern, aber in zwanzig Jahren wird sich das Angebot den neuen Alten, also uns, angepasst haben. Bis dahin werden sich auch die Cafeteria-Ausstatter umorientiert haben. Dunkle Hölzer, Milchkaffee, Latte macchiato, mediterrane Snacks, Muffins, Lachsbagels, alles kein Problem. Es wird herrlich werden.

Ach schöne, unwirkliche Zeit zwischen den Jahren! Man kehrt zurück aus der Provinz und muss sich jetzt wieder einmal beweisen, dass Berlin der bessere Ort zum Leben ist. Aber der Alltag ist gar nicht mehr da. Das Alte ist vorbei, das Neue hat noch nicht angefangen.

Das latent schlechte Gewissen des sogenannten Freiberuflers, man müsste doch arbeiten, aufräumen, lesen, dichten, setzt in dieser Zeit aus, denn die anderen arbeiten ja auch kaum zwischen den Jahren. Dafür macht sich eine Anhänglichkeit unter Freunden und Bekannten breit, als ginge es darum, sich gerade jetzt einander gegenseitig zu versichern. Vielleicht, weil man über die Weihnachtstage wieder erkannt hat, wo man nicht hingehört.

Wie verschneit draußen alles ist! Ach, wenn es nur ewig so weiter schneien würde, alles zudecken, bis nichts mehr ginge, bis zu einem heiteren Ausnahmezustand.

Lautlos gleiten die wenigen Autos über den Schnee, alles ist so ruhig. Die Passanten auf der Oranienstraße strahlen sich an, sogar die Stressjugendlichen mit Migrationshintergrund formen kindliche Schneebälle an den Straßenecken.

Der Rückblick auf das letzte Jahr zeigt, es wurden keine wirklich neuen Trends gesetzt.

Schon knapp Dreißigjährige bekümmerten sich über ihr hohes Alter, beobachteten erschrocken das Nachlassen der eigenen Ausgeheuphorie, schreckten zurück, wenn sie plötzlich in Clubs von Jüngeren umgeben waren.

Als älterer Mensch kann man nur sagen: Liebe Dreißigjährige! Das Leben ist sehr kurz, aber gleichzeitig auch sehr lang. Wer da mit dreißig schon meint, ruhig und häuslich werden zu müssen und sich vom öffentlichen Leben verabschieden will, soll überdenken, was er dann die nächsten Jahrzehnte machen will.

Noch liegt Schnee, doch die Blumenläden lassen langsam ihr winterliches Sortiment – Weihnachtskakteen, Weihnachtssterne, Tannenzweige – auslaufen und stellen auf Hyazinthen im Glas und andere erste Frühlingsboten um.

So wird auch dies Jahr seinen Lauf nehmen.

Müsste man ihm jetzt schon ein Motto setzen, so sollte nach der längst veralteten Bewegung »Die neue Bitterkeit«, nach der »Neuen Bescheidenheit« und dem »Neuen Spießertum« vielleicht »Der neue Optimismus« kommen.

Der neue Optimismus fußt auf einer Handvoll positiver

Grundannahmen: Es ist nicht alles schlecht. Wir kommen schon irgendwie zurecht. Es könnte schlimmer sein. Das Leben ist doch manchmal recht schön.

Wir werden die Sache weiter beobachten.

Das schöne Leben

Auf dem Spargelacker

Downtown 7
Hügelsheim 10
Ho Chi Minh 12
Auf dem Traktor 16
Festbeleuchtung 20
Kuchen und Katholizismus 25
Geschäfte mit Gott 31
Mohrle, Wehner, Kunta Kinte 36
Sie wünschen, wir spielen – wir wünschen, sie spielen 45
Bovary '82 51

Rock me in crazy Berlin

Berlin '85 61
Im Fischbüro 66
Die lebende Musikbox 74

79 Leben im Liegen
83 ex&pop
86 Die Frau mit der Tasche
92 Kommunion und Pisstunnel
96 Die vier Jahreszeiten in Berlin

Die Band. Eine Einführung
107 Rumfahren
112 Die Posttourdepression
115 Open Air im Frauenzelt
118 Unpopuläre Irrtümer
121 Die Gästeliste
124 Drogenforschung I: Kein Bier auf Hawaii
127 Drogenforschung II: LSD
130 Drogenforschung III: Die Champagnervergiftung

Leben in der Bar – Ausgehen um die Jahrhundertwende
135 Die Hohe Tatra
148 Davorstehen in Mitte
153 Die Flittchenbar
161 Bobos in Berlin
165 Alles ist Arbeit in der Ausgehgesellschaft
168 Geld und Gefühl

Ist das noch Boheme oder schon die Unterschicht?

Intelligent ausgehen 177
Die Sommerfrische 183
Das Leben der Lo-Fi-Boheme 187
Altersbewegungen 193